悶 馨 窮 捉 悔 仙 恰 怖 停 努 謊 贏 加 憨 活 忌 憧 娃 孝 出 香 窖 禁 藥 悟 利 恩 怒 翔 情 空 悔 誨 門 詡

管家琪說漢字故事 II

◎管家琪

自序

漢字聯想的樂趣

◎管家琪

《管家琪說漢字故事》的繁體字版是在二〇〇九年五月出版的，想起來已經是四年多前的事了。時間真的過得好快啊！自從繁體字版出版後不久，廣受到小朋友的喜愛，幼獅公司就跟我說，不妨再寫一本吧，因為在那一本中，我寫了四十個漢字故事，感覺上有故事的漢字應該不只四十個，也就是說這個構想應該還可以再繼續發展，於是再寫一本，同樣要找

四十個漢字，然後針對每一個漢字來做聯想，為每一個漢字編一個故事。這個寫作計畫訂好以後，我就寫在小本子上，原以為和第一本不會間隔太久，沒想到等我真正有時間來寫，已經是今年（二〇一三年）年初的事了。

當然，在真正開始動工之前，有過一段說長不長、說短不短的醞釀期，我曾經不只一次的把字典反反覆覆的從頭翻到尾，看到哪一個字有感覺，而且是二〇〇九年那本《管家琪說漢字故事》裡頭還沒有寫過的，就先記下來。在看書報雜誌、影視作品字幕，甚至是出門在外我也總是會盯著一些招牌上的字，就像電影《美麗境界》中羅素．克洛所演的那個數學家老是會看到一些數字在他眼前跳躍一樣，好一段時間以來，也老是有好多字會在我的眼前跳來跳去。結果呢，記下來的字很多，但是再仔細一琢磨，不免又要去掉很多。其中原因，除了第一本中已經發揮過的字不能再寫之外，有很多長久以來已經被解讀得非常徹底的字，譬如「忍字頭上一把刀」、「心亡了叫作忙」等等，好像也不宜再寫，因為即使再寫也很難有更好、更高明的詮釋，就這麼東整理、西整理的醞釀了很久，好不容易才終於定下這本書裡頭的四十個字。

這四十個字，還是「組合字」比較多，比方說，「人」加上「山」是「仙」，「門」裡頭有一個「心」是「悶」，「力」旁邊加一個「口」是「加」等等，坦白講，就寫故事的角度來說（不管是童話故事或是生活故事），「組合字」確實都比較好發揮，比較容易發揮聯想。我想這或許也是一種角度和方式，讓小朋友可以從這些「組合字」開始去細心注意一個字的模樣，甚至還可以發揮自己的聯想。聯想能力實在是太重要了，如果我們能多多刺激孩子的聯想力，對於孩子們的學習一定會有很大的幫助，學習到的知識也才不容易忘記。

和上一本《管家琪說漢字故事》一樣，在每一個漢字故事後面附了一個小單元——「漢字的聯想」。這個單元，雖然只有短短幾行，有時候卻比整個故事還要難寫，因為這是我的「靈感報告」，而創作的意念往往是很抽象、難以言傳的，可是我就是努力想要把這些創作的過程、實際上也就是針對這些漢字聯想的過程，用文字做一番具體的表達，用意無非是想要和小朋友做更多的分享，希望能夠讓小朋友更進一步體會到聯想的樂趣。

目錄

目錄

仙 ㄒㄧㄢ

這是中心小學今年第一次為新進童子軍所舉辦的露營活動，露營地點就在離學校不遠的那座後山，所有的童子軍都開心極了！

雖然他們都是頭一回正式參加由學校童軍社團所舉辦的露營，但是一個個都顯得相當老練。瞧，大夥兒才剛剛抵達露營地沒多久，每一組小童軍才剛剛散開呢，馬上就已經非常有幹勁同時也非常有效率的忙活開了；搭帳篷、撿柴火、生火、煮飯……孩子們同心協力，把每一件事都做得有模有樣。

只除了第三組。也不知道是怎麼回事，這一組小童軍一個個都是笨手笨腳，而且還毫無默契，奮鬥掙扎了半天，帳篷總算是勉勉強強搖搖晃晃的站起來了，但是一看就很不可靠，好像隨時都會塌下來，根本沒人敢待在裡頭；撿回來的柴火不僅數量不夠，一大半都還是潮的；生火也是生了半天也生不起來；接下來，既然連火都生不起來，想要煮飯就更是不可能了。看到別組的小童軍都那麼能幹，第三組的小童軍一個個都好沮喪。

就當他們圍在一起，愁眉不展的小聲討論要不要偷偷把乾糧拿出來吃，以及要不要偷偷用帶來的打火機來幫忙生火的時候，一張小紙片忽然從空中飄了下來。

一個組員把紙片撿起來，看了一眼，一頭霧水，嘟囔了一聲：「什麼呀，亂七八糟的。」

「怎麼了？」其他幾個組員紛紛湊了過來。

只見紙片上寫著：「嗨，不要擔心，我會幫你們的，你們都到樹林裡去轉一圈吧，等你們回來，我就會把事情都做好了。」

落款是「山中小人」。

大家你看看我、我看看你，都是一臉茫然，「誰是『山中小人』啊？」

不過，抱著「死馬當活馬醫」的一線希望，他們還是紛紛站了起來，陸續往樹林裡走去。

有些別組組員看到了，還衝著他們開玩笑的說：「喂，你們可不要集體潛逃啊，好歹要一起參加營火晚會啊！」

第三組的小隊長一臉窘迫的應道：「當然，當然！我們馬上就回來！」

接下來，大夥兒各忙各的，也沒人再多注意第三組的動靜。

等到過了好一會兒，當第三組的小童軍都懷著又忐忑、又期待的心情回來的時候，他們驚訝的看到……他們的帳篷竟然非常漂亮的挺立著，帳篷前有一堆火，熊熊的燃燒，火堆上還架

著一口鍋子，從鍋子裡還正冒出濃濃的香味！

「這……這是我們的營地嗎？」第三組小童軍簡直都不敢相信眼前所看到的景象。

這時，其他的小童軍也發現了，也都感到很不可思議，紛紛嚷嚷著：「咦？你們是怎麼弄的？」

第三組小童軍異口同聲的老實回答道：「我們也不知道呀！」

小隊長掀開帳篷，在睡袋旁又看到一張紙片，上面寫著：「嗨，喜歡嗎？祝你們玩得開心！」

落款依舊是「山中小人」。

可是，面對這奇蹟般的一切，第三組小童軍都感到不可理解，也不敢輕信，總擔心會不會是有人看他們簡直什麼也不會，所以存心想要整他們。

說起來這好像也不能完全怪他們多心，因為，這天剛好是愚人節啊！而第三組的小童軍一個個在平時又都是調皮搗蛋，整人無數，因此都不相信那個居然自稱是「小人」的傢伙真的會這樣悄悄的幫助他們。

這可把一個長期生活在後山的好心的小仙子給急死了。原來啊，所謂的「山中小人」，就是這個小仙子自己想出來的稱號呀。她覺得這個稱號很酷，卻不知道「小人」這個詞語在人間可是有著特殊的意義啊，也難怪人家要擔心了。

眼看自己的一番好意，偏偏人家都不領情，小仙子實在是好鬱悶喔！

【漢字的聯想】

把「仙」這個字左右拆開來看，不就是「人」再加上「山」嗎？那住在山中的小仙子豈不就是住在山裡的小人兒啦？

石獅的髮型

謊 ㄏㄨㄤˇ

石獅象徵著吉祥，長久以來一直是大家心目中一種廣受歡迎的祥獸，很多建築物的門前都會擺放著一雄一雌這樣一組石獅。不知道你有沒有注意過，石獅的「頭髮」真可說是千變萬化，能變出許許多多的花樣。譬如大陸江蘇省會南京市著名景點閱江樓的迴廊就有六百多隻不同的石獅，令人大開眼界，而所謂的「不同」，除了石獅的姿態、神情不同，「髮型」自然也是一個可以大作文章的地方，能夠展現出極為豐富多采的不同。

據說有這麼一組石獅，即將要到一棟氣派宏偉的建築物前去報到。負責創作這組石獅的石雕師傅，是一個年輕人，這是他所獨立完成的第一組石獅，在心態上自然更為看重，希望能夠讓人耳目一新。為了盡善盡美，年輕人為石獅嘗試了很多種髮型。由於年輕人都是先從母獅頭上開始下手，因此好一陣子以來，公獅看著這些嘗試真是膽戰心驚。

除了這些髮型讓公獅感到很不習慣以外，因為每回年輕人在為母獅雕好某一款髮型以後，母獅總要非常認真的詢問他的意見，這一點也令老實的公獅深感疲於應付。

那天，母獅頂著一頭沖天炮式的小髻髮，殷殷問道：「你覺得怎麼樣？」

坦白說，公獅覺得很難看，但是又不好意思直說，只好含含混混的敷衍道：「還好還好。」

過了幾天，小捲不見了，變成清湯掛麵式的直髮，公獅還是覺得不好看，認為很不適合母獅，當然也很不適合自己，但是為了避免母獅難過，只好繼續硬著頭皮說「不錯不錯」。

不久，母獅的髮型又換了，這回變成誇張的飛機頭，公獅一看，簡直要崩潰，然而面對母獅的詢問，他實在是不知道該怎麼辦，只好仍然堅持說「還行還行，有創意、有創意」。

當公獅這麼說的時候，忽然有一種心慌慌的感覺。

「咦，我這是怎麼啦？」公獅子感到很納悶。

其實，母獅也注意到了公獅不大對勁，懷疑的問：「你真的覺得還行嗎？你沒騙我吧？」

「騙你？沒有沒有，當然沒有。」

不過，此刻公獅最希望的就是，這麼有創意的髮型讓母獅獨自享受就好了，至於他自己，他還是想要那種大波浪，他覺得看來看去還是那種大波浪的髮型最自然，年輕人的師父所雕出來的石獅髮型就全是大波浪呀。

令公獅萬萬沒有想到的是，母獅聽了他的回答，盯著他看了老半天，忽然非常嚴肅的對他說：「你知道嗎？我到今天才發現我們倆實在是不合適，你的審美觀實在是太差了！真沒想到會這麼差！」

唉，公獅聽了，真是欲哭無淚啊。

接下來，公獅鬱悶了好幾天。直到最後，因為年輕人又放棄了飛機頭，而為這組石獅換了一種改良式的波浪，眼看髮型終於確定下來，而且很好看，公獅的心情才慢慢的好起來。

【漢字的聯想】

對於那些生性老實、不願撒謊的人來說，說謊實在是一種很不舒服的經驗，哪怕只是說一些無傷大雅的所謂「白色小謊」，在說謊的時候，總是很容易就會有一種心慌意亂的感覺；想想「謊」這個字，不就是意味著「說出來的話，會讓人感覺到心慌」嗎？因為只要把「慌」去掉「心」字旁，再加上「話（也就是「言」）」，這就是「謊」了。

出 ㄔㄨ

就在愚公信心滿滿的向眾人表示要帶領子孫把太行和王屋兩座大山移走，解決出行問題，並且還要將「移山」列入家族傳統，將要一代又一代的傳下去之後不久，這天，愚公一覺起來，正想要吆喝全家趕快統統起床、統統吃好早餐，然後統統一起去移山的時候，不料從窗戶看出去，竟然看到了一個不可思議的景象……那兩座擋住了他們家的大山居然在一夜之間神奇的消失了！

愚公拄著枴杖，用最快的速度走出去，愣了一會兒，揉揉眼睛再看，這才大聲嚷嚷道：「咦？山呢？山到哪裡去了？」

聽到愚公聲如洪鐘的叫嚷，全家都被驚醒了。不僅全家被驚醒，連附近好幾個鄰居家也都被驚醒了。不一會兒，大夥兒一起衝出來，想要一看究竟。結果，一看之下，每個人都大吃一驚。

「山呢？怎麼會突然不見了！」大家都不斷重複著同樣的問題。

稍後，有人說：「我知道了！一定是愚公立志要移山的壯舉感動了上天，所以派了天神來幫忙，趕快把這兩座大山給移走了。」

這個推論很快就得到大夥兒的一致認可，紛紛向愚公表示恭賀：「太好了！你終於成功了！終於把這兩座擋路的山給移走了！」

然而，愚公卻一點也不高興，反而還抱怨道：「真是的，這麼一來，以後別人就會說『如果不是靠天神幫忙，愚公怎麼可能移山』，而且我昨天夜裡剛剛才修正了我的移山計畫，比之前的更好，可惜現在沒有機會實現了！」

「什麼計畫？」大家都感到很好奇。

愚公說：「之前我不是打算要把挖下來的泥土石塊都堆在渤海邊嗎？現在我不打算這麼做了，我現在的想法是，我們不要把兩座山同時開挖，而只要挖一座山，然後把那些土石統統堆在另外一座山上……」

一個小孩子插嘴道：「也就是要把兩座山堆在一起變成一座山？」

「嗯，可以這麼說。我想其實只要『移』掉一座山就可以解決我們的出行問題了，如果順便為另外一座山增高，然後在山頂開一個茶館之類，一定可以招徠很多顧客，還可以同時解決我們家的出路問題，豈不妙哉？」

大夥兒一聽，都嘖嘖稱奇，都說真沒有想到愚公居然還這麼有生意頭腦。

這時，一個鄰人說：「唉，一座建在高山上的茶館，讓客人既可以品茶又可以品山，這個想法確實是很好啦，可是，你也不想想，在建造的過程中會有多困難啊……」

鄰人的話還沒有說完，就被愚公給打斷了，愚公信心滿滿的說：「哈哈，這有什麼難，難道你忘了，我是愚公啊，我只要把『在高山上建茶館』當作是家傳祖訓就好了！如果我建不成，我的兒子就繼續建，我兒子還建不成，我的孫子再接著做，就這麼一代傳一代，終有建成的一天！」

說到這裡，愚公望著眼前一望無際的平原，不禁又懊惱的說：「唉，可惜我們現在連一座山都沒有了啊！」

那兩座突然憑空消失的大山，確實是上天好心搬走的，但是，現在聽到愚公這番牢騷，老天爺不免開始考慮要不要讓天神再把那兩座大山給搬回來？

【

漢字的聯想】

「出」這個字，從形狀上來看，不就像是兩座山疊在一起嗎?單單一個「出」字有很多意思，「出路」的「出」只是其中之一。

拔蘿蔔的祕訣

加 ㄐㄧㄚ

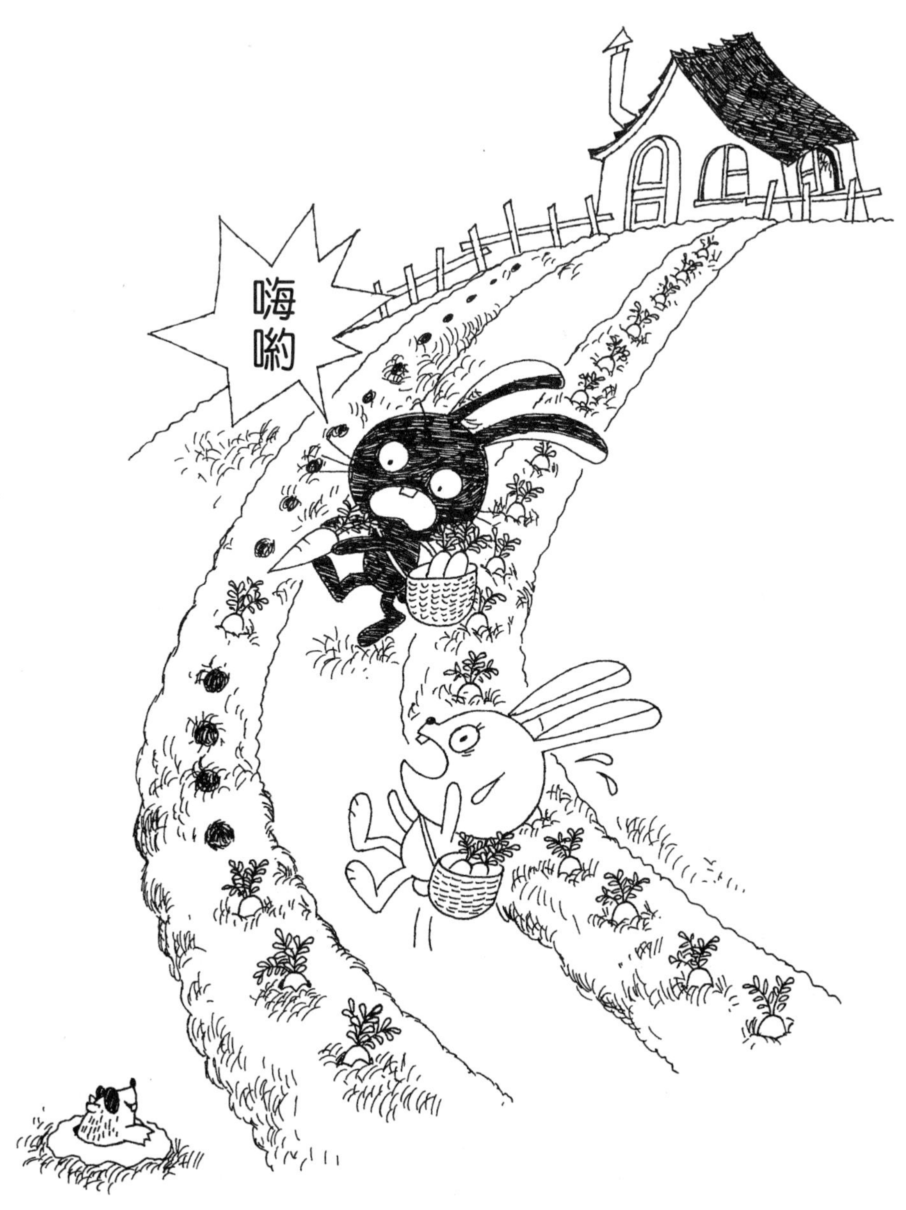
嗨喲

這天清晨，小白兔剛剛散步回來，就在信箱裡接到來自小黑兔的一封信，小黑兔說，他在無意中注意到小白兔家的胡蘿蔔田還沒有什麼動靜，可是他家的胡蘿蔔田已經到了收穫的季節，偏偏他最近不大舒服，恐怕一個人會忙不過來，所以想跟小白兔打個商量，問小白兔能不能幫忙一起去拔蘿蔔？小黑兔在信末還說，如果小白兔肯幫忙，他真的會十分感激，而且等到不久小白兔家要開始拔蘿蔔的時候，他一定也會過來幫忙的。

小黑兔家距離小白兔家不遠，會注意到小白兔家的胡蘿蔔田是很正常的，就好像這兩天小白兔在散步的時候，其實也注意到了小黑兔的胡蘿蔔田一樣。接到這封信，小白兔覺得小黑兔的提議很好，芳鄰嘛，本來就是應該互相幫忙的呀。

於是，他馬上一蹦一蹦的蹦到了小黑兔的家，敲敲小黑兔家的門，愉快的說：「我們一起去拔蘿蔔吧！」

小黑兔開了門，連聲說「太好了」，隨即似乎忍不住的咳了幾聲，精神看起來有些不濟。

「你還好吧？」小白兔關心的問。

「還好，別擔心，我們走吧。」小黑兔做了一個深呼吸，振作了一下精神，拿了一個袋子給小白兔，同時自己也帶上一個袋子就出發了。

稍後，到了胡蘿蔔田，兩人一點也不耽擱，馬上就開始動手。兩人把袋子斜背在身上，成一字縱隊，小白兔在前，小黑兔在後，慢慢前進，幾乎每蹦一步都可以拔出一根蘿蔔，順手放進袋子裡之後馬上又可以再拔下一個。

剛剛開始拔了沒多久，小黑兔突然大嚷：「嗨喲！嗨喲！」

小白兔嚇了一大跳，趕緊回過身來問道：「你怎麼啦？」

他很擔心小黑兔是不是快要昏倒了。

小黑兔說：「我沒事啊，別擔心。」

「那你幹麼要叫那麼大聲啊？」小白兔覺得很奇怪。

「咦，這樣感覺會比較有力氣啊，」小黑兔似乎覺得更奇怪，「難道你拔蘿蔔的時候都不叫的嗎？」

「是啊，我從來不叫——」

「唉呀，那你應該試試，叫一叫真的會感覺比較有力氣，也比較有幹勁！」小黑兔極力推蔔。

「真的嗎?——嗨,喲——」

「大聲一點啦,要像這樣——『嗨喲!嗨喲!』」

「好吧,嗨喲,嗨喲。」

「還要再大聲一點,嘴巴要張大啦!」

「嗯——嗨喲!嗨喲!」

「可以了,」小黑兔終於滿意了,「你就這樣一邊拔,一邊大聲嚷嚷,試試看!」

試了一會兒,小白兔發現小黑兔說得沒錯,這麼一來,感覺還真的有力、也有勁得多!

接下來,兩隻小兔子就這麼在胡蘿蔔田裡「嗨喲!嗨喲!」,很快就把蘿蔔統統都拔完了。

這天,本來只是想義務幫忙的小白兔,意外學到了一種拔蘿蔔的方法。從此,當他拔蘿蔔的時候,再也不像以前那樣一聲不吭的只顧悶著頭拔,而是也很喜歡「嗨喲!嗨喲!」一個不停啦。

【漢字的聯想】

「加」是「增添」的意思。除了數字上的增添，譬如「加法」，還有其他抽象的增添，比方說，為什麼當我們一大喊「加油」的時候，就會覺得比較有勁？是不是真的只要張「嘴（口）」一喊，「力」氣就來呀？想想「加」這個字，實在很有意思。

利 ㄌㄧˋ

秋天，正是收穫的季節，一個年輕人風塵僕僕的趕回了家鄉。

然而，年邁的父親看到他卻表情木然，沒有什麼喜悅的神色。在不了解內情的外人看來，一定會覺得這個父親太過冷漠，住在外地、回家不易的孩子回來了，做長輩的怎麼一點也不高興呢？再說，孩子在這個農忙時節回來，也許還是專程回來幫忙割稻的呢。

但是，就像「羅馬不是一天建成的」一樣，父親的冷漠也不是一天形成的。

這幾年來，每次孩子回來確實都是專程回來的，只不過一開始他們都以為孩子是專程回來探望兩老，心想孩子工作這麼忙，難得還有這份心，都很高興，但是，一次又一次的事實證明，年輕人其實都是專程回來要錢的。

對此，父母親都很難接受，心想，為了栽培這個孩子念書，已經竭盡所能，好不容易孩子總算完成了學業，步入社會，就算不期望他能夠飛黃騰達，起碼應該腳踏實地吧，就算不奢望他很快就能過上經濟寬裕的生活，起碼應該自食其力吧，怎麼還老是動不動就跟家裡伸手要錢呢！

而且，起初年輕人或許還自覺有些不好意思，因此總是說回來探親，然後在即將返程的時候才開口要錢，後來慢慢的大概是皮也厚了，連家都懶得回了，居然只是打電話回來要錢，漸漸的又發展到如果不要錢就不打電話的地步。

總之，兩個老人家的耐性就這樣一天一天的幾乎被消磨殆盡。他們的心裡當然經常都是非常的掙扎；他們弄不懂孩子究竟在做些什麼，或者究竟有沒有在做事，可是當孩子表示困難的時候又不能不支持，但如此不斷的支持，又很擔心會不會反而是害了孩子……

年輕人對於父母這些心理感受似乎並不了解，至少不是很在意。對於這一點，兩老從失望也逐漸走向不滿。

對老漢來說，老伴的去世是一個重要的分水嶺。原本還想，或許在失去母親以後，能夠讓孩子成熟起來，能夠學會凡事不能總想著自己，也要學著為他人著想，然而這樣的期待很快就落空了，老漢發現孩子依然故我，依然還是平時不聯繫，一聯繫就是嚷著叫他匯錢。

這一次，老漢知道一定是因為自己下定決心不再沒完沒了的有求必應，已經多次拒絕孩子的要求，所以孩子急了，這才會氣急敗壞的跑回來。

父子久未見面，剛一見面，還講不了幾句話，年輕人果然又開口要錢了，就跟老漢預料得

一模一樣。

老漢也沒有大發雷霆，有時候失望太深反而會表現得很平靜。

此刻，老漢就只拿出了一把鐮刀，默默的遞給孩子。

「這是什麼意思？」年輕人氣呼呼的說：「給我一把破刀幹什麼？」

老漢平靜的說：「拿著這把破刀下田割稻，就會有錢了，孩子啊，只要肯勞動，總能掙到錢的，只不過是掙多掙少而已，但再怎麼樣都比老是手心向上要好啊！」

年輕人頓時語塞，久久都說不出話來。

【漢字的聯想】

「利」字的部首是「刀」，而「利」字最常用的意思就是「益處」，只要肯拿著「刀」去割稻（「禾」），當然就會有益處、有所得了啊。

香

ㄒㄧㄤ

在稻子成熟的時候，一個遊子特意回到了家鄉。

自從幾年前離家去大城市念書以後，這個年輕人就很少回家了。一開始是因為念書，只能等到放寒暑假的時候才能回到遠方的故鄉，等到完成了學業，他跟大多數的年輕人一樣，希望能夠在大城市裡安家落戶，於是就找了一份工作，繼續留了下來，而開始工作以後，就更沒有什麼機會能夠回家了。事實上，為了盡快在職場上站穩腳跟，他可以說是日夜忙碌，幾乎每天一睜開眼以及臨睡前一閉上眼睛以後，心裡所想到的都是工作上的事。這回由於母親來電，說父親年事已高，近來身體狀況又大不如前，稻子成熟了，希望他能回家幫幫忙，所以他就特別跟公司請了幾天的假回來。

為了充分運用這幾天難得的假期，再加上為了省錢，他是搭夜車趕回來的。或許因為平時工作忙碌，睡眠老是不夠，儘管坐在狹窄的座椅上，一路上又有些顛簸，他還是睡得挺香，就在車上這麼湊合著渡過了一夜。清晨趕回家，匆匆做了一番梳洗，他就趕著下田幫忙割稻去了。

今天的陽光不錯，很適於幹農活。他懷著一份歉疚的心，希望這幾天能好好幫幫父親的忙。父母這幾年以來似乎老得特別快，想想自己真應該經常回來，但是，也不是他不願意回來，實在是工作那麼忙，怎麼走得開啊！

想著想著，他又想到，自己已經在城市裡奮鬥好幾年了，儘管非常努力，工資卻怎麼也追不上物價，真是令人喪氣！

「算了，別想了。」他告訴自己，還是專心割稻吧。

於是，在接下來的時間裡，年輕人不斷提醒自己不要心不在焉，要努力集中精神在眼前割稻的動作上。就這麼割啊割啊，幾天下來，雖然很累，累得腰都快直不起來了，但是，年輕人卻感受到一種久違的成就感，這種踏踏實實的感覺實在是太棒了。

看著陽光下金黃色的稻穗，他想起曾經看過一些報導，說一些名校高材生在完成學業以後回到家鄉發展，當時他不是很能理解，但是現在他忽然覺得並不是那麼難以想像。

「這似乎也是一條路，我是不是也可以來考慮一下呢？」年輕人默默的想著。

他相信書是不會白讀的，更何況時代也不同了，如果是一個有文化的農民，再結合父親教給他的經驗，他覺得自己一定能夠做得比較出色。再加上，奮鬥不就是為了要追求更好的生活品質嗎？家鄉雖然沒有影城，沒有百貨公司，但是空氣比城市要好得多，汙染沒那麼嚴重，晚上一抬頭很容易就可以看到星星，也不必被買房、買車的目標榨乾了青春，還可以經常陪伴在父母的身邊……

年紀輕輕的他，忽然有了回歸田園的想法，不過，父親和母親能不能接受呢？

對於這一點，坦白說，他還真的沒有什麼把握。

【漢字的聯想】

為什麼「稻子（禾）」在「日」頭下會是「香」呢？會不會是因為在收穫季節，飽滿成熟的稻子在陽光之下，能給人一種甜美異常的成就感？這會不會就是一種最香的味道呢？（我們不僅會說某種食物聞起來很香，也會說「睡得很香」，可見「香」不僅可以用來形容氣味，也可以用來形容無形的感覺。）

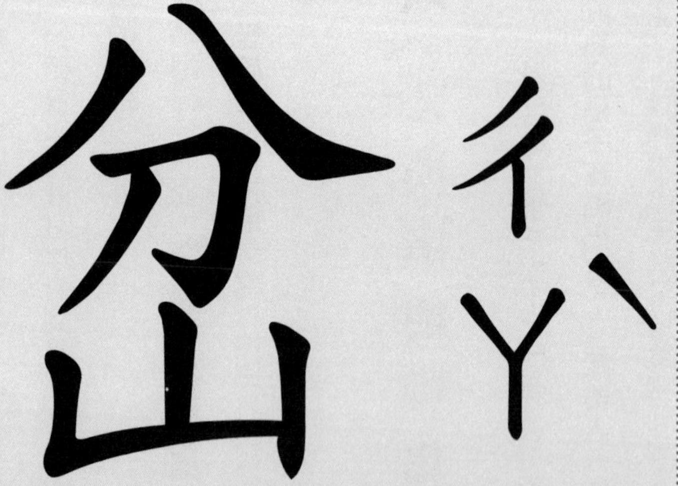
岔
ㄔㄚˋ

管家琪說漢字故事
II

有一個山神，負責管理一座大山。山神很喜歡這座山，希望很多人也能和自己一樣喜歡和這座大山親近，能夠經常來這裡走一走。但是，令山神感到很奇怪的是，長久以來，這座大山一直非常冷清，很少會見到有人上山。

「這到底是怎麼回事？」山神感到很納悶。

他為此特別去向一些小精靈請教。

「該怎麼樣才能增加這座大山的吸引力，讓更多的人喜歡上山？」山神誠誠懇懇的問。

第一個小精靈告訴他：「多種一些樹吧。」

山神心想，我的山並不缺少樹呀，不過，他還是很虛心的接受了小精靈的意見，回頭馬上又增添了好多大樹。

但是，情況仍然沒有改變，這座山依舊沒什麼人來。

第二個小精靈說：「多種一些花吧。」

山神也不覺得自己的山並不缺少鮮花，不過，他也還是很聽話的又多種了一些。

過了一些時日，第三個小精靈建議：「多請一些動物來這裡住吧。」

山神原本覺得山裡的動物不少了，甚至可以說已經很多的了，多到有好些連他都叫不出名字呢。不過，他還是真的又去邀請了好多可愛的動物進駐。

然而，又過了好一陣子，情況幾乎還是一樣，還是沒有什麼明顯的變化。

山神打起精神再去請教第四位小精靈，這位小精靈的意見很不一樣。

小精靈說：「我認為你需要多開幾條路出來。」

「為什麼呢？」山神不明白。

「你看，從山腳下開始，上山的路只有這麼直直的一條，眼力好的人站在山腳下幾乎可以一眼就看到山頂，太缺乏挑戰，也太缺乏神祕感了。」

「怎麼會呢？」山神覺得好委屈，在他看來，這是他非常體貼的安排，讓上山的人絕對不要迷路。

再說，如果要開路，多少總會傷到他的寶貝山，這一點也令山神很是猶豫。

經過一段時間的考慮，山神決定採取折衷處理。他還是不想開什麼路，只肯伸出手，在大山主體輕輕分開了幾條小小的縫，這些「小縫」日後就變成了羊腸小徑，當然，每一條「小

縫」都還是會和那條直通的大路連接在一起。

這個做法終於有了成效。沒過多久，山神就發現來山上遊玩的人真的多了起來，而且大家顯然都特別喜歡他做出來的那些「小縫」。

「太好啦。」山神感到十分欣慰。

山神覺得，在盡量不傷害大山的情況之下，美景本來就應該讓更多的人來欣賞啊。

【漢字的聯想】

如果把「山」給「分」開，當然，不是那種一刀切到底的「對半分」，而就只是「分」開一點點，不就是「岔」這個字了嗎？有時候，一些小岔路，還頗能增加情趣，只要記得別在岔路上愈走愈遠，還要能夠回到大路上來就好。人生也是一樣，有多少人是一輩子平平順順，一點挫折都沒有？如果我們始終都能把握自己的方向，只要把這些挫折看

成是一些小岔路，這些岔路最終也只不過就是增加我們的人生經驗而已。

忌 ㄐㄧˋ

小獅王登基以後，很想有一番讓人耳目一新的作為。不過，因為父王生前把整個森林王國治理得相當出色，一切制度也都已經相當完善，到底還有什麼事是應該加強的呢？

小獅王苦思冥想，思考了好一陣子，還是沒有什麼答案。

剛剛獲得任命的花豹大臣很想為小獅王分憂解勞，同時也很想把握機會好好的表現一下，遂也幫著一起拚命的想，想了好幾天，終於有點子了。

他趕緊跑到小獅王的面前建議道：「我們現在的『森林安全守則』只有一句話，就是『請大家注意安全』，實在是太粗略了，簡直就還只是一個標題，缺少內容，不如我們把『森林安全守則』好好完備一下，變成一本《森林安全法典》，您覺得怎麼樣？我聽說很多偉大的君主都會頒布一本了不起的法典……」

花豹大臣滔滔不絕，很快就把小獅王給說動了。小獅王高興的下令道：「好！這個主意很好！那就交給你去辦吧！」

「是！請您放心，我一定會全力以赴，在最短的時間之內，編出一本內容充實、詳盡完備的法典！」花豹大臣信心滿滿的接下了這個任務。

接下來，大臣就開始思考該如何執行。

花豹大臣心想，既然是要詳盡完備，何不廣泛徵求老百姓的意見，看看大家希望制定哪些規章，這樣編出來的法典才能夠又具體、又切合老百姓的需要，豈不是兩全其美？

「哈哈，我真是太天才啦！」花豹大臣為自己敏捷的思維感到非常得意，緊接著就下令每一個森林公民都得提出一條關於安全的規章，好收錄進這套法典。而每個公民只提一條，當然是基於公平原則，這樣編出來的法典就能方方面面的照顧到每一個森林公民，而不會發生有什麼重點分配不均的問題。

花豹大臣自認要求得非常合理，然而，等到期限一到，當他一看到收回來的報告，才發現事情完全不是自己所想像的那樣。

比方說，貓頭鷹希望規定今後大家在白天都要保持安靜，免得他們受到驚嚇之後容易從樹上摔下來；大公鹿希望減少森林裡所有枝葉過繁的樹木，免得這些樹枝卡住了他們頭上的角；青蛙希望全面清查森林水塘裡那些不夠安全的荷葉，免得他們唱歌唱到一半會突然在毫無徵兆的情況之下掉入水塘……

每一個公民交上來希望制定的安全規章雖然都很具體，但都是站在自身的角度，這樣的要求怎麼可能寫進法典，成為正式的法律，而要求所有的森林公民都來遵守呢？

於是，想了半天，最後，花豹大臣只得放棄原本要編一本法典的想法，改為建議做幾塊嶄新的「請大家注意安全」的牌子，掛在森林幾個重要的角落；畢竟原本的牌子已經有好些時日，看起來已經有些破舊了。

小獅王呢，在聽了花豹大臣的報告之後，也只得無可奈何的接受了。同時，小獅王也不得不承認，那一句「請大家注意安全」實際上就已代表了千言萬語。

【漢字的聯想】

「忌」有一個意思是「顧慮」，譬如「顧忌」。我們不妨想想看，顧慮誰？顧慮什麼？這種種想法其實往往都是站在自「己」的立場去揣度，是自己「心」裡的想法，也難

怪在「己」下面加一個「心」，就成了「忌」。

藥 一ㄠˋ

在森林盡頭，住著一個好心的小巫婆。傳說小巫婆有一塊奇妙的菜地，種著各式各樣五顏六色又讓人叫不出名字的蔬菜，這些蔬菜都具有神奇的療效，包治百病。

有一天，一個男子找到小巫婆的家，小心翼翼的敲開了小巫婆那扇舊舊的木門。

「吱呀」一聲，木門開了，小巫婆笑容可掬的出現在門口。

「嗨，找我嗎？有什麼事嗎？」小巫婆親切的問。

男子用很虛弱的聲音說：「我──我很不舒服，看過很多醫生都看不好，有人告訴我，您這裡有很棒的藥，而且您是有史以來最好心的巫婆，不論誰來向您求助，您都是有求必應，還完全免費。」

「沒錯，確實如此。」小巫婆對於自己在世人心目中的形象感到挺滿意，「說吧，你哪裡不舒服？」

「我咳得很厲害，已經咳了兩個月了，但始終看不好──」說著，男子就大咳特咳了一陣。

「嗯，咳嗽真的很不容易好。你等著啊。」

沒過多久，小巫婆就到屋後那塊菜地裡拔了一株鮮黃色的草，然後交給男子，開心的說：

「哪，送給你，回去把它放在水裡煮，喝了就好了。」

「謝謝——」

小巫婆以為男子應該就要走了，正準備關門，男子又說：「請等一下，來您這裡一趟不容易，您這裡這麼遠！我還有一些老毛病，您可不可以做做好事，一起幫我解決一下。」

小巫婆沒有多想，就非常爽快的滿口答應，「可以啊，那你說吧。」

「我的腸胃很弱，經常吃壞肚子。」

「沒問題！」小巫婆很快就拔了一株青色的草。

「我一坐車就暈車，有時候甚至在那些不平的路段走一走也會暈。」

「小意思！」小巫婆給了他一株橘色的草。

「我三天兩頭就會頭痛，痛得就好像是有人拿著榔頭在狠狠敲我的腦袋。」

「好可憐！」小巫婆又拔了一株紅色的草。

男子就這麼一直講、一直要，過了好一會兒，再怎麼「有求必應」的小巫婆也開始有些不耐煩了，瞪著男子說：「喂喂喂，你怎麼會有這麼多的毛病啊！做人不能太貪心啊！不能再要了！」

「啊！那就最後一個好不好？拜託！最後一個！」

「這個──」小巫婆看到男子可憐巴巴的模樣，又心軟了，「好吧，最後一個，你還有什麼毛病？」

「我──我經常感到很鬱悶。」

小巫婆一聽，微笑道：「真巧啊，我最近剛剛研發出來一種新的藥，很管用的，我就送給你吧。」

小巫婆所說的這個新藥真是與眾不同，乍看之下簡直就是豆芽，只不過比我們一般看到的豆芽菜要大得多，也硬得多。

小巫婆說：「你聽好了，剛才給你的那些藥都是要用煮的，唯獨這個藥是要用炒的，同時，在炒之前要先切碎，炒一鍋可以持續一天。」

「請問什麼叫作『炒一鍋可以持續一天』？」男子不懂。

小巫婆神祕一笑，「你回去試試就知道啦。」

稍後，男子回去一試——嘿，炒菜鍋裡居然發出了非常悅耳的音樂哪！聽著聽著，果然令人身心舒暢，起勁多了。

「哇，這太棒了！我要發大財啦！」男子簡直要樂壞了。

原來，這個傢伙不安好心，他是特地向小巫婆要來「樣品」，然後想來仿冒一通。

但是，無論他怎麼分析這些「樣品」，就是沒辦法精確掌握其中的成分，試種過好多次，都以失敗告終，尤其是那種酷似豆芽的菜仿得最失敗，在切碎炒過之後所發出來的音樂都是難聽得要命，連這個仿冒大王自己都聽不下去。

最後，這個傢伙只好放棄了原本想得很美的發財計畫。而好心的小巫婆呢，則還經常會想起他，總是想著那個一身是病的可憐人，現在不知道怎麼樣了？

【漢字的聯想】

大家都喜歡說音符是「豆芽菜」，那麼，能夠帶來「快樂」的「菜」自然就是音樂了！難怪有人會說，音樂是最能治療心靈的良藥。看看「藥」這個字，不就是在草字頭的下面有一個「樂」字嗎？

孝 ㄒㄧㄠˋ

有一個男孩，來自一座美麗的大山。本來，周圍的朋友都還不知道那座鼎鼎大名的大山居然會跟他有所關聯，直到他上了小學以後……

有一次，課本上有一篇課文，就是在描寫那座大山，上課的時候，男孩指著書上大山的圖片告訴旁邊的同學：「這是我的老家。」

同學說：「騙人，我才不信──」

話還沒有說完，就被打斷了。

「你們兩個在說什麼？」老師問道。

同學指著男孩，「他說這是他的老家。」

「哦，是嗎？」老師看著男孩，「你的老家是──」

一聽男孩說出的小鎮名字，老師說：「是真的呀！」

老師隨即告訴全班同學，那確實是在大山山腳下的一個小鎮。

「哇！」大家聽了都羨慕不已，就連老師也很羨慕，馬上就問：「那你一定經常往山上跑了？」

「呃，這個──」男孩紅著臉說：「老實說，我一次都沒上去過。」

「啊！怎麼會呢？」大家都覺得不可思議。

這是因為男孩的父親很早就離開了那個位於大山山腳下的小鎮，出外打拚，然後就在外地安家落戶，並且把雙親都陸續接到了大城市。由於在小鎮上也沒有什麼親人了，就一直沒有再回去過。

那天從學校回來，男孩問爸爸：「為什麼我們不回老家、不去山上看一看呢？」

爸爸說：「哪有時間啊，我要工作，你要上學，現在還不是玩的時候！反正大山又沒有腳，又不會跑，想回去隨時都可以回去，以後再說吧。」

後來，男孩又提過幾次，說很想去爬那座大山，但爸爸總是說忙，總是說等以後再去。

漸漸的，男孩也就不再提了。

等到男孩上了初中，成為一個少年了，偶爾想到大山，他的想法是，等自己有行動力了，可以和同學們一起出遊的時候，他想約三五好友一起去。這個時候，他已經沒有和爸爸一起去爬大山的念頭了。

沒想到，就在他剛剛升上初二那一年，爸爸忽然要求他陪著一起回一趟老家、一起去爬一次大山。因為，爸爸被檢查出來得了重病，時日無多，「再上一次大山看看」成了爸爸最大的心願。爸爸說，他的童年其實就是在山裡渡過的，這座大山真的很美，不管從哪一個方向、哪一個角落欣賞，都是美麗的風景。

於是，趁著學校假期，一家三口一起回了一趟老家。爸爸說小鎮看起來變化滿大的，多了濃濃的商業氣息，幸好大山看起來還是很親切。

這是少年頭一回親眼看到了大山，他覺得大山比想像中還要來得壯麗。

少年興匆匆的往上爬。然而，才走了沒一會兒，他就發現爸爸已經走不動了，看起來虛弱得很。

少年趕緊對爸爸說：「爸，我來背您吧。」

就這樣，少年背著已經不再年輕、不再健康的父親，沿著古樸的階梯，一步一步的慢慢往上爬……

【】

漢字的聯想

把「老」這個字的下面去掉，換上「子」，不就變成「孝」了嗎？

馨 ㄒㄧㄣ

「如果聲音有味道，那該是一件多麼有趣的事呀！」

這個想法盤據在胡博士的腦海已經有很長一段時日了。

胡博士是一家通訊公司研究室的資深研究人員，在工作崗位上一直兢兢業業的努力，數十年來陸續推出了不少新鮮的產品，幾乎都很成功，廣受歡迎，但他是一個永遠不會自我滿足的人，儘管在專業領域已經擁有很高的地位，還是像一個剛剛步入社會的年輕人一樣，天天準時上班，還經常自動加班，認真得不得了。胡博士可以說是所有老闆夢寐以求的員工，因為他只知道工作，對於薪水這些世俗之事則毫不在意，根本就不放在心上，因為胡博士真的是打心底的熱愛工作，研發產品對他來說有著莫大的魅力，每次看到一個抽象的構想能夠慢慢的變為真實，也總是讓他享受到極大的成就感。在胡博士看來，這樣的成就感是無價的。

當然，很多人都說，這也跟胡博士是單身漢大有關係，反正他是孤家寡人一個，又成天都待在實驗室裡，簡直就沒什麼消費，自然就比較不在意報酬。

或許因為胡博士也算是一個宅男，只不過他是宅在實驗室，因此，有一天，他忽然有一個想法，很想為那些不愛交朋友的宅男宅女開發出一種語音問候軟體，然後他又想，這種軟體一定要很特別，否則很多宅男宅女可是連電話都懶得接的。

那麼，到底要多特別呢？

就在這個時候，「讓聲音有味道」的點子就從胡博士的腦海裡冒了出來，而且立刻生根發芽，不斷茁壯，好長一段時間，胡博士朝思暮想都是如何開發這樣的軟體。

在經過無數次的嘗試之後，胡博士終於成功了，有味道的語音問候軟體終於問世了！

這個軟體提供了五種選項：

甜甜膩膩的：「唉呀呀呀，你好不好啦？人家好關心你啦！」

辣得刺鼻的：「喂！你怎麼樣了啊！別整天悶在家裡，沒事也要出來走走啊，聽到了沒有！」

苦情滿杯的：「嗚嗚嗚，你好不好啊？」

酸不可聞的：「喲，一個人過得很瀟灑嘛、很痛快嘛，怎麼樣？還好吧！」

香噴噴的：「嗨，你好嗎？問候你哦，別忘了出來走走，聞聞花香和芬多精呀！」

用戶只要先勾選好要哪一種問候，當然也可以組合餐，幾種問候隨意搭配，這個語音軟體就會按客戶的要求，定期打電話來問候，到時候用戶只要一拿起特製話筒，所指定的味道就會配合語音從話筒下方噴出來。

有味道的語音問候軟體推出之後，反應不錯，而經過市場調研，「香噴噴的」語音最受歡迎，因為大家都說，聽來聽去，還是香噴噴的聲音最好聽，聽起來的感覺最舒服。

看到這樣的報告，胡博士笑了，因為這和他的預料一樣，他自己也最喜歡香噴噴的語音問候軟體，每天都要接一通哪。

【漢字的聯想】

取「聲」的上半部，下面再加一個「香」，就成了「馨」。這個字光是看起來就很舒服，「溫馨」一詞的感覺也很溫暖。此外還有「馨香」一詞，意思是說「香氣可以傳播到遠處」；「寧馨兒」則是對小孩子的一種美稱，也都給人一種很舒服的感覺。

恐怖的等級

怖 ㄅㄨˋ

小浩是一個膽小鬼。就跟其他所有的膽小鬼一樣，小浩對於恐怖片也是又愛又怕。

自從前兩天哥哥說跟朋友借了一個很有名的鬼片DVD以後，小浩就很期待周末的到來。

哥哥的工作忙得很，只有周末才有空，而平常的周末他又幾乎都是跟女朋友在一起，這個周末難得女朋友到外地出差，哥哥說：「終於可以放假了，我哪裡也不去，就要待在家裡好好的休息休息。」小浩曾經問過哥哥很多次，既然整天陪女朋友那麼辛苦、那麼累，為什麼還要交女朋友？哥哥也不解釋，只說：「唉，你是小鬼，說了你也不懂。」

不懂就不懂吧，反正知道哥哥這個周末會在家，小浩非常高興，馬上就跟哥哥約好，到時候一起來看那部有名的鬼片。

「好啊，我也正有此意，」哥哥說：「不過，到時候你可不要哭喔。」

「就只有一次啦。」小浩很尷尬。

「一次就夠啦，一次就可以證明你是一個膽小鬼了，居然看電影會被嚇哭。」

「人家我又沒有否認，所以才要約你一起看嘛。」

小浩高高興興的期待周末的到來。兄弟倆約好要在周末的晚上看，因為鬼片當然是要在晚上看才會有氣氛。

等呀等呀，好不容易總算等到周末了。剛剛吃過晚飯，電話鈴響。小浩以為是媽媽打來的，因為爸爸媽媽最近渡假去了，媽媽天天都在晚飯後打電話回來。

沒想到，小浩上個廁所出來，正興高采烈準備要開始看DVD的時候，接完電話的哥哥竟然宣布：「不好意思啊，不能陪你看電影了。」

原來，哥哥的女朋友提前回來了，說是因為太想念哥哥的緣故。這麼一來，哥哥當然就得趕快去火車站接，然後一定又要陪到很晚才回來。

小浩很失望，也很不滿，抱怨道：「這些女朋友為什麼都這麼麻煩啊！為什麼要提早回來？說什麼時候回來就應該什麼時候回來才對啊！一點也不管人家方不方便！」

「喂喂喂！你講話小心一點，」哥哥說：「什麼『這些女朋友』，要是被她聽到了，誤會就大了，還以為我有多少個女朋友呢！」

說完，哥哥就匆匆忙忙的走了。

就這樣，小浩被放鴿子了。

雖然哥哥保證會盡快找時間陪小浩看那部鬼片，但是一來小浩很懷疑哥哥的保證，在他看來，「陪女朋友」簡直就像哥哥的第二份工作！只要女朋友在，哥哥就很難擠出時間，其次，小浩實在也很好奇，很想知道這部鼎鼎大名的鬼片到底有多恐怖，於是，就在哥哥走後不久，小浩做了一個決定——

當天晚上，哥哥很晚才回來，一到家，小浩就告訴哥哥，他已經一個人獨自看了那部鬼片。

「喔？怎麼樣？好不好看？」哥哥問。

「還可以。」

「恐怖不恐怖？」

「恐怖。」

「你有用到毛巾被嗎？」

小浩不好意思的點點頭。

哥哥笑了，「那就真的是很恐怖了。」

原來啊，這是小浩的一個習慣；小浩有一條寶貝毛巾被，如果是看很恐怖的鬼片，他都會抱著這條毛巾被，有時還經常會用被子蒙住頭，然後再從被子裡探出小腦袋來偷看，總之，如果在看的過程中會一直需要用到毛巾被，就說明這部鬼片一定是挺嚇人。

這也是小浩為什麼從來不肯去電影院看鬼片的原因，因為他可不好意思帶著毛巾被進電影院呀！

【漢字的聯想】

字典上說，「怖」是「懼怕」的意思。懼怕是一種感覺，採「心」字旁很能理解，但是，為什麼懼怕會用到布呢？於是我就想，大概是有一個膽小鬼，當他很害怕的時候會想到乾脆用「布」來遮著眼睛或是蓋住腦袋，這樣「心」裡就會覺得好一點點了吧。

努 ㄋㄨˇ

有一個懶懶散散的年輕人，在好不容易結束了求學生涯，不甘不願的當起了上班族以後，就經常這麼想：「唉，上班好累喔，有沒有什麼辦法能夠不必太辛苦，就可以定期加薪升職的呢？」

儘管他自己也知道，當然是沒有的啦，不過，他就是喜歡做這樣的白日夢。

有一天，年輕人意外撿到一個漂亮的木頭盒子，跟鞋盒差不多大小。雖然說是「撿到」，其實更像是有人送給他的，因為就放在他的信箱上，他下班回家剛到家門口就看到了。打開一看，裡頭空空如也。他摸摸盒子，質感很好，應該是用很不錯的木頭做的，再看看盒子表面典雅的花紋，愈看愈好看。

「奇怪，是誰放在這裡的？沒人要嗎？」年輕人左看右看，很是喜歡。

這樣一個盒子，就算一時想不出有什麼用，當然也不可能立刻丟進資源回收筒，於是，他就把盒子帶回家了。

晚飯過後，他看了好一會兒的電視，又玩了好一會兒的電動遊戲，拖到快十一點了，才痛苦萬分的坐到書桌前，準備要寫一份報告，主任說是明天一定要交的。主任還說，這份報告如

果寫得好就考慮給他加薪，寫得不好就要跟他算帳。

打開電腦，發呆了好久，實在是不知該如何下筆，一點概念也沒有。

「算了，先去睡吧，明天早上早一點起來再寫好了。」他把鬧鐘調到清晨五點，然後就去睡了。

不知道睡了多久，他突然被推醒了。睜眼一看，有兩個小人兒站在他的床頭櫃上。

「你們是——」

小人兒說：「我們是鞋盒裡的小精靈。」

「鞋盒？」他瞄了一眼放在桌邊那個撿回來的盒子，恍然大悟道：「哦！原來那個是鞋盒啊！這麼說——」

看到小人兒的背上有翅膀，手裡還拿著小魔棒，年輕人充滿期待的問：「你們就是那個會幫人做事的小精靈嗎？」

沒想到，一個小人兒說：「幫人做事？不不不，我們早就不那麼做了。」

另外一個小人兒則說：「我們現在用的是別的辦法。」

「什麼——」

年輕人還來不及問清楚是什麼辦法，兩個小精靈就已經舉起魔棒，同時朝他一揮，年輕人頓時就身不由己「咻！」的一聲飛出了被窩，三兩下飛到書桌前，再動作迅速的打開電腦，還拿出資料，就這麼開始埋頭研讀起來了！

這還沒完，兩個小精靈雙手插腰，腳一跺，振翅一飛，迅速飛到年輕人的身後，再把手裡的小魔棒一甩，變成細細長長的小鞭子，然後——就一起揮舞著鞭子不斷鞭打著年輕人，並且還不斷尖著嗓子大吼著：「趕快寫呀！不准睡呀！」

年輕人嚇壞了，當下有一種感覺，覺得自己好像是古代被綁在船上拚命划槳的奴隸！

可是，說也奇怪，被小精靈這麼一鞭，年輕人所有的精力和創造力彷彿都突然爆發，很快的，就以超高效率完成了這篇報告！

【漢字的聯想】

為什麼「努力」的「努」，上面會是一個「奴隸」的「奴」，下面再加一個「力」呢？……這個字好像一看就覺得挺辛苦的啊。

空

ㄎㄨㄥ

關於鑽石的難題

自從意外得知山頂洞穴藏有一顆珍貴的鑽石以後，住在山下的一組夥伴們就急得不得了。

這一組人馬一共有七個人，長久以來一直就是以挖礦為生。他們不是兄弟，卻比大多數的兄弟還要親，天天都住在一起，吃在一起，也工作在一起。算起來他們在這座山裡挖礦也有很長一段時日了，早就聽說山裡有鑽石，但是大夥兒合力挖了很多地方，就是毫無所獲，幾乎都要懷疑之前的消息是否正確，會不會根本就沒有鑽石呢，結果前幾天其中兩個弟兄去森林深處尋找草藥的時候，無意間碰到兩個小精靈，小精靈們剛好說起關於鑽石的下落，被他們偷聽到了，這才確定原來鑽石傳聞是真的，同時也恍然大悟怪不得他們一直挖不到；原來，小精靈說鑽石是藏在山頂的洞穴裡，而他們挖來挖去始終都在山腳下挖，連山腰的高度都還差得遠。如果不是小精靈把這個寶貴的信息透露出來，憑他們七個人的能耐，恐怕挖到下輩子都挖不到。

現在，既然得到了這個來之不易的消息，他們當然一定要試試看。

這天晚上，這七個夥伴聚在一起，為大家要攜帶的工具做最後的檢查。

屋內的氣氛有一點兒沉悶，七個夥伴誰也不想說話。這是因為明天就要上山了，可是老實說，對於這次的行動他們都覺得沒有什麼把握。

終於，一個夥伴忍不住說道：「唉，大家別這麼一副沒有精神的樣子啊，我們本來就是挖礦工人，挖礦本來就是我們的專業，只要我們找到那個洞穴，一定就挖得到那顆鑽石。」

「話是沒錯啦，」另外一個夥伴慢吞吞的說：「挖礦這個工作當然是難不倒我們，只要我們到了山頂上，並且找到了那個洞穴，用不了多久的工期，一定就可以挖到那顆鑽石，問題是——我們住在山腳下，從這裡到山頂可是要很久很久啊，我實在很擔心，等我們爬到山頂，那顆鑽石還會好好的待在那個洞穴裡等著我們嗎？還是早就已經被人家給挖走了？」

這番話一說完，所有的夥伴都不吭聲了。

其實，這正是他們最大的擔心哪。

因為，他們是七個小矮人，而且還是不會魔法的小矮人，想要去山頂只能一步一步慢慢走、慢慢爬，確實是很需要一段時間哪！

【

】

漢字的聯想

如果有一個洞「穴」，經過很多「工」人，花了很長的「工」期，進行某一項「工」作，可是到頭來什麼也沒有，這就叫作「空」了！

品 ㄆㄧㄣˇ

一天傍晚，有一位失明多年的老先生坐在家門口附近乘涼。他家就面對著大馬路，來來往往的行人和車輛很多，很熱鬧。老先生因為是獨居，又看不見，所以經常喜歡坐在門前，聽聽這聽聽那，感覺沒那麼孤寂。

正當他開始有些昏昏欲睡，想要回家去睡大覺的時候，忽然，聽到有幾個人匆匆從他門前跑過去，嘴裡還嚷嚷著：「老虎來了！」

「老虎？哼，真是的！」老先生嗤之以鼻，心想，城市裡怎麼可能會有老虎？「過街老鼠」還差不多吧！

被這麼一吵，瞌睡蟲全被趕跑了，老先生遂搖著扇子，決定按原訂計畫，繼續坐在這裡乘涼。反正閒著也是閒著。

過了一會兒，又有幾個人經過，嘴裡也在說：「老虎來了！老虎來了！」

這一次，老先生聽得很清楚，確定那些人說的是「老虎」，絕不會是什麼「老鼠」。可是，怎麼可能呢？大街上怎麼可能會有老虎？說「馬路如虎口」才對吧，可是怎麼會有人把馬路說成是「老虎」呢？不可能吧？真奇怪！

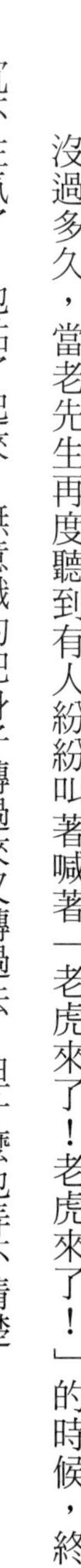

沒過多久，當老先生再度聽到有人紛紛叫著喊著「老虎來了！老虎來了！」的時候，終於沉不住氣了。他站了起來，無意識的把身子轉過來又轉過去，但什麼也弄不清楚。

這時，心裡有一個聲音對他說：「喂！別傻了！難道你忘了『三人成虎』的故事？當一個人在家裡聽說市集裡出現了老虎的時候，他不相信，第二個人說的時候，他還是不信，但是聽到第三個人也這麼說的時候，那個人就馬上嚇得跳窗逃走了，這就是謠言啊，怎麼可以輕易相信……」

就在這時，老先生的心裡又冒出另外一個聲音，這個聲音說：「拜託！現在又不是古代！城市裡當然有可能出現老虎啊，搞不好是從動物園裡或是什麼片廠跑出來的哩，還是小心一點吧！」

於是，老先生趕快拎起小板凳，迅速轉身回到屋內。一進屋子，他還趕緊把門窗緊閉，然後把一隻耳朵貼在門板上，想要聽聽外面的動靜。

一邊偷聽，他同時也一邊回想著方才陸續聽到那些人在說「老虎來了」的時候，是什麼樣的音調？他們的聲音聽起來是害怕嗎？

由於老先生是盲人，沒辦法從別人的表情來判斷，但是聲音當然也是有表情的，光是聽聲音也可以判斷人家說話當時的情緒。老先生努力想了半天，感覺剛才聽到所有「老虎來了」的呼聲，只有一些小孩子好像有一點害怕的感覺，其他更多聽起來都是帶著興奮的感覺比較多。

過了一會兒，一個遊行隊伍經過老先生的門前，老先生終於弄明白「老虎來了」是什麼意思，原來——是有一個馬戲團要來做好幾天的巡迴表演哪！

【漢字的聯想】

「品」這個字有很多種意思，其中一個意思是「人的性行」，譬如「品格」、「品行」。一個人的品格如何，如果只聽一兩個人的意見或許不夠客觀，有道是「三人成眾」，大概至少要有三個人的意見，聽聽這三個人會怎麼說，從他們的嘴巴裡（「口」）跑出來的意見一致性如何？如果有差異，又會是在什麼地方？

女媧的小寶貝

娃 ㄨㄚˊ

傳說在很久很久以前，女媧看大地太寂寞了，缺乏生氣，便在河邊挖了泥土，和上水，按照自己的樣子做了一些小人兒。小人兒做好了以後，一放到地上就會動，到處跑跑跳跳，看上去實在是可愛極了。

一開始，女媧對每一個小人兒都是精雕細琢，後來感覺這樣的速度實在是太慢，而且即使女媧是大神，具有超凡的神通，但是，日復一日一直做著「做人」這同樣的工作，時間久了不免也會覺得有些乏味。為了提高效率，女媧想了一個辦法。她先和好一大盆泥水，再拿來一根神鞭浸到盆子裡，使神鞭沾滿泥水，再把鞭子用力一甩，甩出好多小泥點，而那些小泥點一落到地上，也一個個都立刻就活了過來，全都變成了會跑會跳的小人兒。（無怪乎全球有幾十億人口，雖然每一個人的五官都是相同的，都是兩個眼睛、一個鼻子和一個嘴巴，可是組合起來居然就會有那麼大的不同，即使是雙胞胎、三胞胎等等也難得是完完全全一模一樣，只要仔細的看，總還是能看出一些差異。有些人的五官看起來就是很精緻，有些人看起來就好像是「大量生產」，品質比較欠佳。不僅五官如此，身材也是如此。）

不過，不管是精雕細琢也罷，粗製濫造也罷，幸好那都只是外在，至於內在，女媧還是盡可能給了每個人相同的靈氣，有了這份善惡並存的靈氣，人類才得以成為萬物之靈。只不過有些人的靈氣開發得早，也開發得深，後來的表現自然比較不凡，有些人的靈氣則幾乎始終處於最原始的沉睡狀態，那就注定了一輩子都將是一個碌碌無為的平庸之輩。其次，在開發靈氣的時候，有些人的方向不對，盡是拚命激發自己惡的那一面，因此，這樣的人雖然不一定魯鈍，有些甚至還滿聰明的，但最後也終將愧對「萬物之靈」這個美稱。

據說，為了證明女媧造人的時候，給予每一個小人兒的靈氣以及那份愛是一樣的，女媧在每一個小人兒的身上都留下或多或少的印記，後來人類就把這些印記稱之為「胎記」。除此之外，女媧還充滿感情的把這些小人兒統統喚作為「由女媧親自製作的小寶貝」。

某一天，女媧要出席天庭會議，還要做一份述職報告，講述製造這些小人兒的經過，由於在報告中要多次提到「由女媧親自製作的小寶貝」這個說法，為了敘述方便，就簡稱為「娃」。

【漢字的聯想】

「媧」的讀音是「ㄨㄚ」，「娃」的讀音是「ㄨㄚ」或「ㄨㄚˊ」，而「娃」又是「小孩」的意思，還屬於「女」字的部首，因此從「娃」這個字似乎不難令人聯想到上古傳說中造人的女媧。

怒 ㄋㄨˋ

犀牛先生的訓練班

小老虎因為脾氣太大，被爸爸送到由犀牛先生開設的「如何控制脾氣訓練中心」。

這天，是報到的日子。一大清早，老虎爸爸就親自送小老虎過來，並且非常誠懇的對犀牛先生說：「我這個孩子，什麼都好，就是脾氣太大，動不動就大發脾氣，希望您能夠幫忙好好的調教調教他。」

老虎爸爸的想法是，雖然他們老虎是「萬獸之王」，老虎家族在森林裡頭向來享有很高的地位，但是，他一直希望自己以及孩子們都能夠真正的得到大家的尊重，而不要只是因為家族之名迫使大家心生畏懼，所以一聽說犀牛先生開了這樣一個特殊的訓練中心，就馬上替小老虎報了名。

犀牛先生非常熱情的接待了老虎父子，並且很有信心的向老虎爸爸保證，等到為期一個星期的訓練課程結束，小老虎一定會脫胎換骨，變成一個溫文有禮的乖孩子。

「那真是太好了！」老虎爸爸很滿意，又叮嚀了小老虎幾句，譬如「千萬要聽老師的話」之類，才滿懷希望的離去。

小老虎嘟著嘴，心不甘情不願的朝著教室走去，心裡很是不滿的抱怨著：「哼，我就不相信，有誰會像我這麼倒楣，會被強迫來參加這個什麼鬼訓練班？」

沒想到，走進教室一看，嘿，教室裡居然已經都坐滿了，有小獅子、小灰狼、小黑熊、小鱷魚、小猩猩等。幾個小朋友互相一交換信息，很快就發現原來大家都是同病相憐，都是被家長強迫塞來的。

孩子們一個個都很不高興；在他們看來，如果真要說因為脾氣不好而必須來參加這個訓練課程，那他們的爸爸媽媽似乎更應該來啊！

不過，還不等他們繼續抱怨下去，犀牛先生就已經走進教室，和藹可親的宣布要開始上課了。

犀牛先生說：「我知道你們坐在這裡都是不大情願的，但是，孩子們，相信我，你們一定不會失望的。這一個禮拜的課程，都是我根據許多智慧的理論，再結合許多非常有用的實例所制定，只要大家肯好好的學，保證一個禮拜之後，你一定會覺得煥然一新，再也不會被自己心中的小魔鬼所奴役和控制！是的，怒氣並不可怕，在我看來，只不過是你被心裡的小魔鬼給奴役和控制了而已……」

犀牛先生說得十分懇切，很快就把大家都給說服了，接下來，一個個都表現得非常合作，不再那麼抗拒。

第一天下課回家，老虎爸爸、鱷魚爸爸、黑熊爸爸……一個個都關心的問孩子：「今天上得怎麼樣？學了些什麼？」

孩子們都說：「不錯呀！老師今天教我們怎樣控制呼吸，怎樣在開始想發脾氣的時候就趕快從一數到十。」

「嗯，聽起來挺不錯的。」家長們都很滿意，同時也對接下來幾天的課程充滿了期待。

然而，第二天早上，當家長們把小寶貝送到「如何控制脾氣訓練中心」的時候，卻赫然發現犀牛先生的模樣看起來好慘！不僅鼻青臉腫，連臉上那根角都受傷了，歪了。

這是怎麼回事啊？

犀牛先生很不好意思的說：「唉，昨天晚上跟老婆吵嘴，還打了一架……」

大家聽了，頓時面面相覷，不知道該說什麼才好；看來，要控制脾氣，還真的是一件很難很難的事啊！

【漢字的聯想】

有一句話說：「衝動是魔鬼。」很多人在大發雷霆之後，都會覺得很後悔，回想起來，更是覺得自己實在是太衝動了，如果當時能夠稍微多想一下，稍微克制一下，根本犯不著發那麼大的脾氣；不知道是不是因為這個緣故，所以「怒氣」的「怒」，才會是上面一個「奴」，下面再加一個「心」？這是否意味著一旦我們屈服於內心那個小魔鬼，成為這個小魔鬼的「奴隸」以後，「心」裡就再也平靜不下來了？

恰恰好的智慧

一個年輕的記者，負責來採訪一對剛剛過完鑽石婚紀念的老夫妻。鑽石婚耶，這表示兩個人結婚已經八十年了，難得夫妻倆還是親戚朋友口中的模範夫妻，相處一直十分融洽，很少很少吵嘴，真不容易！

記者問道：「請您兩位跟我們的讀者聊聊，保持婚姻美滿的祕訣是什麼好嗎？」

老太太推推老先生，「你說吧。」

「好啊，我來說，」老先生大方的接過這個話題，「想要保持美滿的婚姻並不難，只要經常說三個字就好了。」

「那一定是『我愛你』了？」記者說。他同時還心想，乖乖，這老人家還真肉麻呀。

沒想到，老先生搖頭說不是。

「不會是『小寶貝』、『小心肝』吧？」

老先生還是搖頭。

「我知道了！一定是『對不起』了?就是說，即使吵架，也很快就和好？」

「比這三個字還要實用。」

「那——會不會是您給老太太信用卡，然後告訴她『盡量刷』？」

這時，老太太微笑的抗議道：「唉，小伙子，我自己也有信用卡，我自己經濟獨立，哪裡會需要花他的錢。」

老先生也說：「是啊，有時候反而是她給我錢花呢。你再想想，還有哪三個字是非常管用的？」

記者呆呆的看著老夫妻倆，「呃，我還真想不出來——」

老先生看看記者，「年輕人啊，你還沒有結婚吧？」

「嗯，還沒有。」

「那你記好啦，我今天就要教你一句話，這句話雖然只有三個字，是很普通的一句話，但是適用範圍之廣，將超出你的想像。」

「好的，我洗耳恭聽。」

「這句話就是——『恰恰好』，或者你要說『剛剛好』也行。」

「就這樣？」記者心想，這句話聽起來真的很普通啊，一點也不特別啊。

「你不相信是不是？來，我解釋給你聽，」老先生說：「假設今天老婆燙了一個新髮型，問你好不好看，會不會太捲，你可以說『不會，剛剛好』，要是老婆問你，『我胖不胖？』，你一定要說『怎麼會？剛剛好』，她要是嘗試了一道新菜，問你會不會太鹹，你也可以說『不會不會，剛剛好』，總之，只要什麼都是『剛剛好』，就不會有問題啦。」

「哦，原來是這樣，」記者把眼神移到老太太的身上，「您也是嗎？」

「是啊，他當然也會碰到一些事，會隨口問問我的意見，我也都是說『剛剛好』，所以我們這麼多年以來一直是相安無事。」

記者心想，對呀，記得曾經看過一篇文章，說那些關係緊張的夫妻，除了因為價值觀、人生觀不同而很容易造成摩擦之外，還有一種常見的現象，就是經常有一方會老喜歡把自己的諸多看法強加在對方的頭上，非要對方按自己的標準、習慣來生活，那當然就永無寧日了，事實上，「恰恰好」、「剛剛好」意味著一種隨和，同時也是一種懂得尊重和欣賞對方的態度，如果雙方都有這樣的修養，都能抱持著這樣的態度，感情怎麼會不好呢？

後來，這個記者回去之後，就寫了一篇報導，題目就叫作〈恰恰好的智慧〉。

【漢字的聯想】

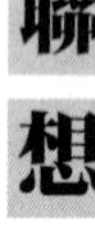

「恰」這個字有一個意思，就是「適當」、「正合適」；怎麼樣才會覺得「正合適」呢？「正合適」是一種什麼樣的感覺呢？那應該是一種覺得「正符『合』我的『心』意」的感覺吧，而「心」加上「合」不就是「恰」了嗎？

活 ㄏㄨㄛˊ

一個探險隊出發在即，有一件說大不大、說小不小的事情令領隊頗為困擾。那就是，國王似乎相當堅持要他在行前到巫師那裡去一趟，說要請巫師占卜吉凶，並且指點一下還有什麼重要的東西應該隨身攜帶。

領隊知道國王的要求也是一番好意，但是對於這樣的做法，他就是打心底的不願意配合。領隊心想，真是笑話，要帶什麼東西難道巫師會比自己清楚嗎？那個傢伙又不懂探險，他根本從來就沒離開過皇宮！只要一想到自己身為探險隊的領隊，居然在行前還得去聽巫師廢話，他就很不高興，覺得實在是有辱專業人士的形象。

可是，國王的提議又不能夠斷然拒絕，還得應付應付。這可怎麼辦呢？

就在國王的侍衛再度上門催促領隊趕快去見巫師的時候，領隊忽然有了一個點子。

「好，去就去吧。」領隊隨著侍衛來到宮廷，國王和巫師都已經等在那裡了，巫師還一副不高興的樣子，領隊估計，巫師大概是覺得自己太過傲慢和無禮了吧。

「抱歉抱歉，我來遲了，」領隊說：「實在是因為行前有太多的東西需要準備，忙得要命，其實，我早就有事情想要來請教大人了。」

巫師當然知道領隊口中的這個「大人」指的就是自己，酸溜溜的應道：「喲，隊長會有什麼事需要問我的啊？」

領隊說：「我前兩天做了一個夢……」

還沒說完，國王就打斷道：「哦，快說快說，巫師大人向來是最擅長解夢的。」

「是啊，這是大家都知道的，」領隊說：「我夢到一個老頭子，抓起我的手，在我的手掌心裡寫了一個『活』字……」

說到這裡，領隊刻意不說下去，因為他很清楚，巫師為了表現，肯定馬上就會把話給接過去。果然，巫師幾乎想都沒想，就趕緊開口道：「原來是要解字，這個簡單，『活』，就是『活命』，恭喜大王，恭喜隊長，這是一個吉兆啊，代表此行一定是一路順利，而且探險隊成員都能平安回來，一個也不會少。」

「真的？那真是太好了！」國王很高興。

國王有兩個小舅子都參加了這次的探險隊，聽到這麼好的解夢，自然分外高興。而看到國王滿意，巫師自然也很得意。

不料，領隊卻說：「不是耶，夢裡那個老頭是告訴我，一定要記得帶水，他說為了要讓我印象深刻，所以才在我的手心寫上這麼一個字。」

「怎麼可能？」巫師很不服氣，「怎麼可能會是這個意思？」

「是真的呀，您看，『活』這個字，是一個『水』再加上『舌頭』的『舌』，大家都知道水是生命之源呀，只有舌頭上經常碰得到水，也就是說能夠喝得到水，生命才得以延續，所以當然就是說一定要記得帶水了。」

國王一聽，「嗯，好像挺有道理的啊。」

領隊笑笑，「問題是這簡直是廢話嘛，我當然知道一定要帶水了，我現在是想請巫師大人補充一下，除了水，我還需要帶什麼？」

其實領隊的言下之意就是，要準備什麼、該帶什麼，當然是我比較清楚，何必還要來問別人？

傻呼呼的國王沒聽出有什麼不對勁，但是巫師這會兒呢臉色就很不好看了，只是又不好發作而已。

【漢字的聯想】

按字典上的解釋，「活」這個字有好幾個意思，第一個意思就是「生存」，如果「舌頭」能碰得到水，自然就能生存了。

恩ㄣ

可憐人的故事

有一個人——我們就稱他為「可憐人」好了，因為他總認為自己是可憐人——在一個平靜的夜晚，內心照舊很不平靜。

他倚窗望著滿天星空，默默沉思，但是，他想的可不是什麼關於美麗的夜空，更不是什麼文學藝術或是哲學，而只是一些早就沒有人願意聆聽、甚至早就沒有人願意理會的所謂「陳芝麻、爛穀子」的牢騷。

「啊！為什麼我就這麼倒楣？為什麼人家的運氣總是比我好？為什麼我總是碰不到什麼貴人？也碰不到什麼好事？為什麼我好像受到了詛咒，一輩子都沒有辦法發達？為什麼所有的人、所有的事都在跟我作對？……」

可憐人就這麼婆婆媽媽的想了一大堆，愈想就愈覺得自己真的是全天下最可憐的人，非常鬱悶。

就在他無比消沉的時候，忽然，發現天空不大對勁，好像有一顆星星掉下來了，而且——居然朝著他的窗口直直的衝過來了！

「哇！」可憐人尖叫一聲，本能的急急往後退，一個踉蹌，摔倒在地，然後緊緊的閉上眼睛，抱著腦袋，不敢再看，心裡只有一個意念，那就是：「完了完了！我死定了！」

然而，想像中的大爆炸並沒有發生，四周仍然一片靜寂。可憐人不免狐疑的睜開雙眼——

這一看，他可徹底的呆掉了。原來，就在他的窗外，有一個「人」正浮在半空中，而且這個人還雙手抱胸，一臉嚴肅的看著他。

「請問您是——」

「我是你的神。」

問題是，可憐人拜過的神太多，他弄不清眼前這位究竟是哪一位，不過，此刻他也懶得深究，馬上很高興的說：「啊，太好了，哈哈！終於讓我碰到好事了！神啊，您一定是來幫我的吧！我要——」

然而，他還沒來得及把話說完，神就打斷道：「我給你的已經夠多的了！」

「怎麼會！」可憐人馬上抗議。

「我問你，你現在是住在大街上嗎？」

「不——」

「對呀，因為我給了你一個住的地方，儘管只是租的。我再問你，你現在是待在醫院裡嗎？也不是，因為我給了你一個健康的身體。在昨天以前，你是一個人孤苦無依嗎？不是，因為我給了你一個難得的好老婆，其實你跟本不配擁有這麼好的老婆！」

「可是，可是……」

「我給了你這麼多，你卻還是口口聲聲說自己是可憐人，整天抱怨這、抱怨那，簡直快要把我給搞瘋了！」

就在這時，另外一顆星星又從遠方飛奔而至。可憐人目瞪口呆的看著。這顆星星瞬間也變成了人形，同樣飄浮在他的窗外。

難道是來了第二位神？唉，誰教他拜了那麼多的神啊！

後來的這一位神，似乎是專程為了參與這場討論而來，因為他一來就說：「我覺得他真的是一個可憐人，因為，你忘了要給他一個好性格啊，所以就算你已經給了他很多，他也還是只會喋喋不休的抱怨……」

可憐人很想爭辯，但是才剛剛一張口就醒了。

原來只是一場夢。原來他還好端端的躺在靠窗的躺椅上。

他發了好一陣子呆，不由得想起妻子對他說過，「性格不好的人，就算有好日子也會被他給過砸掉」，他知道妻子所說的「他」當然就是指自己，因為，這是妻子在昨天離去之前對他所說的話……

【漢字的聯想】

凡是正派宗教都是勸人經常行善，並且心懷感恩的。關於感恩，我們不妨用這樣一個句型來思考，「我應該『心』懷感恩，『因』為我……」，在「心」上加一個「因」，不就是「恩」了嗎？不要老想著自己所沒有的，多想想自己已經所擁有的，不要老想著自己的不順，多想想世間不幸的人們何止成千上萬，在那些人們的面前，誰能有資格抱怨啊。

悟ㄨˋ

完美的女孩

一個沒有孩子的婦人，一直很想要一個孩子，天天都非常誠心的向送子娘娘祈求，希望送子娘娘能夠送給她一個孩子。

「不管這個孩子是從葫蘆或是什麼桃子、什麼瓜裡蹦出來，都沒有關係，只要有一個孩子，我保證一定會全心全意的愛他……不過，如果不太麻煩您，我希望您能夠賜給我一個女兒，我特別渴望能夠有一個女兒……」

婦人的祈禱是這樣的虔誠且充滿感情，而且或許是因為一般的凡夫俗子都是祈求能夠有個兒子，如此真摯祈求能夠有個女兒的比較少見，總之，送子娘娘聽到以後，頗受感動，嘆了一口氣，心想，這是一個多麼執著的婦女啊，好吧，就算我原本是有計畫的，這會兒也實在不忍心視而不見、充耳不聞啊。

送子娘娘決定要為婦女破一個例，滿足她的願望。

由於這個寶寶是屬於計畫之外的產物，不能從正常管道分派，於是，送子娘娘把管理新生兒中心的三個仙女找來，分別是藍仙女、紫仙女和紅仙女，告訴她們：「趕快去銀河邊，用最清澈的水，和上最柔軟的土，給我做一個最完美的小女孩來。」

三個仙女馬上照辦，輕輕一縱身，就飛到了銀河邊，選定一個河水最清澈的岸邊降落。藍仙女端來一個淺淺的陶盤，紫仙女拿著一個小鏟子挖了一些毫無雜質的泥土放進去，紅仙女再用一個精緻的小杓子舀了一點水澆上去，接著，藍仙女再伸出纖纖玉手，把盤中的水呀土呀輕柔的和成了黏土，最後，三個仙女就同心協力精雕細琢了一個可愛無比的小寶寶。

就外表上看來，這個寶寶真的是堪稱完美，不過，為了精益求精、好上加好，三個仙女抱著寶寶來到送子娘娘的面前，一致要求道：「請您給寶寶一份祝福吧！」

送子娘娘把寶寶抱過來，細細的端詳，十分爽快的答應道：「好的，你們希望我給她一份什麼樣的祝福呢？」

三個仙女趕緊湊在一起，緊急會商。

藍仙女說：「我們當然不必要求『美麗』，因為我們已經把她做得夠細緻、夠美麗的了。」

紫仙女說：「也不必要求『聰明』，這個寶寶的體內有我們三個加進去的靈氣，將來肯定會很聰明。」

紅仙女說：「那『智慧』呢？『聰明』跟『智慧』好像不大一樣，是不是要求『智慧』比較好？」

「可是，還有『好運』呢？」藍仙女說。

「『善良』呢？」紫仙女說。

唉呀，三個仙女愈想愈多了。

藍仙女轉身問道：「娘娘，能夠再多送幾樣禮物嗎？」

「不行，」送子娘娘說：「只能一樣，不能討價還價。」

三個仙女又討論了一會兒，藍仙女這才代表姊妹們說道：「還是請您賜給她一顆心吧，而且保證她一生都不會丟失了這顆心！」

三個仙女是這麼想的，只要一個人特別有心，他或她就可以成就任何事。比方說，有一顆感恩的心，人總是比較善良的；有一顆懂得自省的心，自然就會不斷的完善自己；做任何事如果能夠多用一份心，自然就會多思考，進而懂得舉一反三，觸類旁通。

藍仙女說：「我們希望這個孩子時時都能看得到『我的心』，永遠不會丟失了『我的心』。」

送子娘娘欣然同意了。

在送走了這個完美的寶寶以後，送子娘娘很滿意，三個仙女到有些失魂落魄，忍不住會想著，是不是應該再為這個完美的女孩做一個完美的男孩呢？有沒有這個必要呢？……

【漢字的聯想】

如果把「悟」這個字左右拆開來，就是「我（吾）」再加上「心」，而「悟」的主要意思有兩個，一個是「明白」，譬如說「恍然大悟」或是「覺悟」，其次是指「悟性」，不管是哪一個意思，確實都離不開「我」這個主體，也離不開要用「心」。

後悔藥

悔 ㄏㄨㄟˇ

都說「世上沒有後悔藥」，貓頭鷹博士不信邪，經過長久以來持續不懈的努力，終於研製出了「後悔藥」。

「啊，真是太好了！我這個藥能夠造福多少人啊！」貓頭鷹博士光是這麼想就覺得激動不已。

在正式推出之前，當然要先試用一下。

貓頭鷹博士把助手禿鷹先生叫來，叫他服用後悔藥，並且信心十足的保證，只要吃了後悔藥，過了十分鐘——

「就能時光倒流，就能回到做出那件令我後悔萬分錯事的那一刻，然後讓我避免再犯同樣的錯誤嗎？」禿鷹先生興奮的問道。

「呃，沒那麼神啦，」貓頭鷹博士說：「再說，如果每一個人都能那麼容易就讓時光倒流，那還不天下大亂？」

禿鷹先生想想，說得也是，「那您的後悔藥，最主要的作用是什麼呢？」

「可以讓你忘了那件錯事，不再受『後悔』這種情緒的折磨。」

原來是這樣。禿鷹先生心想，這也不錯啊。禿鷹先生最近正在談戀愛，可是上個禮拜情人節那天，因為在實驗室加班，弄得太晚，匆匆趕去赴約的時候，忘了要在花店停下來，帶上一束玫瑰花，結果被禿鷹小姐給念死了，因為早在情人節之前半個月，禿鷹小姐就已經不斷提醒，表示非常希望能夠在情人節當天收到一束玫瑰花，但是到頭來禿鷹先生還是忘了，這一忘就又要等上一年了。而禿鷹先生覺得自己讓女朋友失望，也非常懊惱，非常後悔，每次一聽女友念叨，自己心裡也很難受——是啊，沒錯，後悔的感覺真是太折磨人了，要是能夠忘了這件不愉快的事就好了。

「把藥給我吧！」禿鷹先生說。

貓頭鷹博士把後悔藥遞給禿鷹先生，反覆提醒道：「記得把藥服下去以後，要花十分鐘的時間，專心想著那件你每天都在想的讓你後悔的事……」

禿鷹先生乖乖照辦。十分鐘以後，禿鷹先生緊鎖的眉頭鬆開了，臉也沒拉得那麼長了，整個人看起來還真的是神清氣爽。

「怎麼樣？」貓頭鷹博士問道：「你現在覺得如何？」

「很好呀！」禿鷹先生精神百倍的說：「我覺得非常愉快！我去工作啦！」

貓頭鷹博士聽了，非常滿意，「哈哈，那就好！接下來我們就密切觀察一個禮拜，看看這個藥能帶給你哪些好的影響。」

他怎麼也沒有想到，僅僅過了一天，禿鷹先生又變得垂頭喪氣的了。

貓頭鷹博士很意外，也很納悶，急著問怎麼回事。

禿鷹先生委屈的說：「昨天她又跟我抱怨，說我在情人節那天忘記買花，抱怨了半天，看我好像都不知道她在講什麼，然後就發現我壓根兒完全忘了這件事，就變得更生氣了，現在都不理我了……」

說到這裡，禿鷹先生說：「先生，不瞞您說，我真後悔昨天吃了您的後悔藥，請問——這可怎麼辦啊？您還有更好的藥嗎？」

更好的藥？貓頭鷹博士嘆了一口氣，唉，看來這個什麼後悔不後悔的事還真麻煩，早知道就研究別的東西去算了，真是浪費時間！

【漢字的聯想】

「悔」這個字，是「心」字旁，再加一個「每」，是不是意味著「每天都在想著什麼」呢？（這是因為古人一直認為「心」是負責思考的，難怪「想」這個字也是屬於「心」的部首。）當我們為了某一件事而後悔的時候，其實經常還不止「每天都在想」，甚至往往是「每天都要想好多好多遍」呢，不是嗎？

捉 ㄓㄨㄛ

如果小猴子來上學，那真是超方便的。

你瞧，每天早上在小朋友上學的時候都是尖峰時間，交通情況自然都是一天之中比較不順暢的時候，有時真會把人給急死，但是呢，這些對小猴子來說都不會是什麼棘手的問題；因為小猴子前進的方式很多呀，要是碰到道路塞車、捷運故障，只要背著書包，從行道樹上一棵一棵的盪過去，很快就可以到學校了。

上課的時候，老師經常一會兒要大家拿出這個課本，一會兒又要大家拿出那個作業本，有時候課本都還沒有找出來呢，老師已經又催著大家趕快拿出鉛筆、三角尺等文具，碰到這種情況，兩隻手根本就忙不過來，而動作太慢的話老師還會不高興，那怎麼辦呢？哈哈，小猴子肯定沒問題，因為他可以把兩隻腳也派上用場，那就一定可以輕輕鬆鬆的應付自如了。

中午吃營養午餐的時候，如果不能像在家裡一樣一邊吃、一邊看電視，那多無聊啊，沒電視看至少也應該有漫畫書或是故事書可看呀！也許你會說，這樣怎麼忙得過來？嘿嘿，這一點對小猴子來說，完全可行，不會是難事，因為他可以用一隻手拿湯匙，一隻手扶著碗，再用一隻腳來翻漫畫書，邊吃邊看。別忘了小猴子的腳本來就跟他的手一樣的靈活。

放學的時候，如果不想一步一步慢慢走，想要增加走路的樂趣，小猴子可以兩隻手和兩隻腳輪番上陣，一下子正著走，一下子又倒著走，多好玩！如果碰到下雨，尾巴還可以發揮莫大的功用；很簡單，小猴子可以把尾巴舉起來用來撐傘！試問，除了小猴子，還有誰能夠這麼方便？

對了，還有很重要的一點差點兒就忘了，那就是下課時間，當同學們在一起玩「官兵捉強盜」，或是「老鷹捉小雞」，或是什麼捉什麼的時候，小猴子一定都會是最厲害的，因為只有他可以手腳並用，而且蹦上蹦下，隨心所欲，身手最靈活，動作最敏捷，肯定沒有人比得過他！

……

「是啊，如果小猴子來上學，有什麼不好呢？一定是超方便的……」

小健坐在教室裡，呆呆的看著黑板。老師在說什麼他一點也沒聽進去，光是在偷偷的想著這些亂七八糟的事，愈想愈覺得有趣。

想得一出神，小健還不知不覺在座位上扭來扭去。

「小健啊，怎麼小屁股又坐不住了，又開始扭來扭去的了，」老師說：「看看你，簡直像一個小猴子似的。」

老師的話，打斷了小健的白日夢。小健衝著老師憨憨的笑著。

老師已經不止一次說小健像一個小猴子啦，不過，經過小健剛才認真的思考，他現在很確定一件事，那就是——如果小猴子來上學，一定很棒。

【**漢字的聯想**】

有一個初級的猜字謎，謎面是「手腳並用」，只要想想看，又是「手」、又是「腳（足）」的，答案自然就是「捉」了。另外一個類似概念的字謎，謎面是「一手包辦」，答案是「抱」。

王大叔的小亭子

停

ㄊㄧㄥˊ

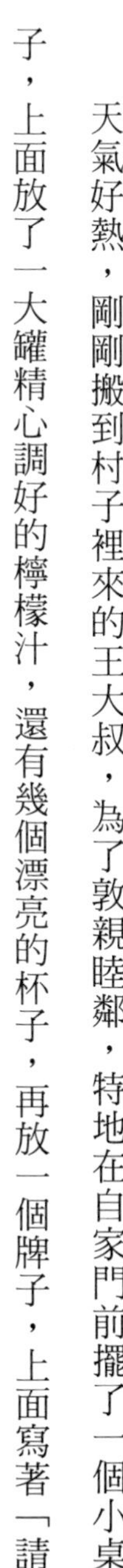

天氣好熱，剛剛搬到村子裡來的王大叔，為了敦親睦鄰，特地在自家門前擺了一個小桌子，上面放了一大罐精心調好的檸檬汁，還有幾個漂亮的杯子，再放一個牌子，上面寫著「請喝檸檬汁」。

可是，一天下來，路過王大叔家的村民一個個都行色匆匆，對王大叔的心意連瞄上那麼一眼的都很少。

王大叔心想，可能是牌子做得太不明顯了吧，於是立刻換上另外一個比較大的牌子，上面再寫著大大的一行字：「衛生消暑的檸檬汁，請免費品嚐」。

結果，還是成效不彰，換了新牌子後，只不過是在經過小桌子前，瞄上幾眼的人比較多了。

沒人喝，那一大罐檸檬汁很快就變得很熱，王大叔覺得就不好喝了，而且也不夠衛生了，只好有些喪氣的拿進來倒掉，心疼得很。

王大叔倚在門框上心想：「奇怪，這個村子裡的人是怎麼回事？是都太害羞了嗎？」

過了一會兒，王大叔不氣餒，決定要再試一次，遂又快步回到屋內，再度調好一大罐新鮮的檸檬汁端出來，只是，為了避免要是再沒有人及時喝掉，檸檬汁在陽光下放久了風味又會走樣，所以這回王大叔就在小桌子旁邊豎了一把陽傘。

這一回，情況開始有些不同，總算開始有人在經過的時候，會好奇的駐足，並且半信半疑的問道：「真的是免費的呀？」

「是啊，完全免費，是我自己調的，請您嚐嚐。」王叔叔熱情的說。

「那我就來一杯好啦！」

喝過之後，村民們幾乎無一例外都會大加誇獎，紛紛連聲讚美道：「嗯，好喝好喝！真的好好喝！」

有的還會問，可不可以再來一杯？

「當然可以！」王大叔很開心。

第二天，王大叔又有了一個新的想法：「我只不過是在小桌子旁邊豎了一把傘，馬上就有了效果，那如果我弄一把比較大的遮陽傘過來呢？效果會不會更好？」

說做就做。嘿，沒一會兒王大叔就驚喜的發現，有了這把特大號的遮陽傘之後，這天享用王大叔檸檬汁的村民果然更多了。

看到大家都紛紛擠著站在大大的遮陽傘下面，王大叔又趕緊搬來幾把凳子，請大家坐。很快的，這兒儼然成了一個可供休息的小亭子。

從此，村民們在經過王大叔門前的時候，都自然而然的更願意多逗留一會兒，不僅品嚐檸檬汁，也和王大叔閒話家常。

在夏天還沒有過去的時候，王大叔就已經跟大夥兒都處得很熟了。王大叔家門前的小亭子也成了大家都很喜歡駐足停留的地方。

【漢字的聯想】

看看「停」這個字，實在好有趣；想想看，有一個「人」，走呀走呀，看到一座小「亭」子，會不會想要進去坐一坐，休息一下？那不就是「停」下來了嗎？

奇異的大門

問 ㄨㄣˋ

小仙子蘭蘭懷著一顆忐忑不安的心來到了魔法訓練營。

蘭蘭在最近的魔法考核中沒能通過考試，所以接到了一張通知書，要她今天早上九點準時來到這裡，接受為期兩個月的集訓，等到集訓結束並且拿到了全勤紀錄以後，才有資格再去參加補考。補考通過以後，她才能拿到見習小仙子的證書，然後才能到人間去走一走、看一看。所有的小仙子都希望有機會能夠去人間逛逛，因此，當蘭蘭接到集訓通知書以後，儘管有些沮喪，還是努力打起精神，決心一定要來這裡好好的接受兩個月的訓練。

現在，剛剛過了八點半，蘭蘭就已經來到了通知書上所說的集訓地點。令她感到疑惑的是，眼前是有一扇大門，旁邊還有一塊牌子，上面寫著「白雲路一號」，就是通知書上的地址。

「沒錯呀！」蘭蘭把通知書上的地址看了又看，確定自己沒有找錯地方。

問題是，這個「大門」看起來怎麼那麼怪？居然是蜘蛛絲織成的。

圍牆倒很正常，是由石塊堆成，堆得高高的。蘭蘭沿著圍牆走，想要找找看是不是有其他的入口。可是走了一圈，還是回到了蜘蛛絲的大門，看來這裡是唯一的入口。

這樣的大門，自然是不能敲的，一敲豈不是就全毀了。蘭蘭再仔細看看大門兩側，就是找不到門鈴。

蘭蘭再看看高牆，心想，這下可怎麼辦？總不能翻牆進去吧？那多不文明！何況牆那麼高，就算她想翻也未必翻得過去；想用飛的更是不可能，她的飛行魔法還不合格呀，根本還沒辦法飛那麼高。

透過蜘蛛絲大門，可以看到一棟漂亮的三層樓房，還有一個滿大的院子，種滿了不知名的小花。此刻，一樓的大門緊閉，三層樓房正面每一扇窗戶的窗簾都拉得嚴嚴實實。

蘭蘭盤算著，要不就等等看吧，也許工作人員很快就會出來了。

然而，足足等了十分鐘，硬是完全看不到一個人。

距離九點整已經只剩下短短五分鐘的時間了。

「完了完了！這個大門一定是要用魔法才能打開，可是我就是因為魔法沒有學好才來這裡的，這可怎麼辦！」蘭蘭急得不得了。

就在這個時候，小仙子多多來了。多多同樣是因為沒有通過不久前的魔法考核，因此也需來這裡接受集訓。

多多一看到蘭蘭，就招呼道：「嗨，你怎麼來得這麼早？」

蘭蘭看到多多，趕緊問：「你是不是也是要來上課？」

「對呀！」

蘭蘭一聽，稍微放心了那麼一點點；現在至少地方是沒錯的，而且又來了一個同伴，感覺總是好得多了。

「你怎麼不進去？」多多問。

蘭蘭哭喪著臉，「不知道怎麼進啊！我找不到門鈴，又不敢敲門，怕把這個門給弄壞了。」

「那就用叫的嘛。」

說罷，多多就扯著嗓子大叫起來：「喂！開開門哪！」

蘭蘭覺得多多這麼大嚷大叫的實在是好粗魯，然而沒有想到的是，多多一叫，院子裡那些不知名的小花竟然一個個都張口跟著嚷嚷起來：「有人來了！有人來了！」

原來那些小花根本不是花，就是一種特殊的門鈴啊，是聲控的，只有靠著呼喚才能啟動。那扇奇異的蜘蛛絲大門，就這麼被輕易的打開了。蘭蘭愣了好一會兒，因為這實在是太出乎她的意料了。

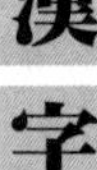

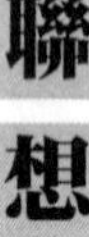

【漢字的聯想】

碰到「門」，如果不知道該怎麼開，也許張「口」問一問就是最好的辦法。想想「問」這個字，是在一個「門」裡面加上一個「口」，實在是很有意思。在學習方面，對於不懂的地方也要多問，這樣對於進入知識的殿堂也會很有幫助的。

情 ㄑㄧㄥˊ

紅精靈的接班人

這天，對精靈學院第一千期的畢業生來說可是一個大日子，因為這是她們畢業五百年以來第一次的同學會！

按傳統，發出同學會邀請函的是她們當年的導師紅精靈。每一個小精靈在接到通知的時候都很興奮。時間真的過得好快啊，彷彿才一眨眼怎麼居然就已經過去了五百年，想起來簡直是令人不敢相信。大家都很希望看看當年的同窗現在過得怎麼樣，當然，想到能夠再見到紅精靈，大家當然也都很高興；從前還在精靈學院就讀的時候，紅精靈就一直深受大家的敬愛。

到了同學會當天，還沒到約定的時間，小精靈們就已經迫不及待的紛紛從世界各地趕了回來。幸好她們都是精靈，都是自己直接飛來的，所以儘管聚會的場所不是特別大，也不會有什麼「停車位不足」的問題；畢竟，放一大堆魔棒要不了多少的空間啊。

紅精靈笑容滿面的在大門口熱情的迎接每一個小精靈，不厭其煩的先給每一個小精靈送上溫暖的擁抱，再把小精靈們一個一個的送進大廳。

在分別了那麼久以後，此刻，第一千期畢業的小精靈們能夠重新再齊聚一堂，大夥兒都開心極了！一個個都又蹦又跳，嘰嘰喳喳個沒完。

只要一和老同學們在一起，似乎瞬間就可以很快的又回到了小時候，這一招無論是在天上或是人間都是屢試不爽的。

稍後，晚宴開始了。紅精靈在致詞的時候，宣布了兩個大消息，第一，她要退休了……

「啊！」小精靈們聽了，一個個都驚訝萬分。

紅精靈是精靈學院的終身教授，沒人想得到她居然也會退休。

紅精靈繼續說：「第二，我將在今天晚上挑選出一個最合適的人選，來接下負責教導小精靈們的重責大任，至於這個人選將如何產生……」

大家都屏息以待。

紅精靈卻跟大家賣起關子來了；她不肯再透露更多的細節，只是微笑道：「先別管那麼多了，大家先吃飯吧。」

然而，可想而知，在這樣的情形之下，大家怎麼還能安安靜靜的吃？如果能成為精靈學院的終身教授，那可是一項非常崇高的榮譽，每一個小精靈都希望能夠有這樣的機會！

於是，大家就紛紛嚷嚷著要求紅精靈公布遴選的標準，否則她們就不肯好好吃飯。

「好吧，那我就簡單說一下好了，」紅精靈慈愛的說：「我要挑選一位在離開學校五百年以後，對生活仍然充滿了熱情的人。」

大夥兒一聽，都愣了一下，隨即暗暗狐疑道，奇怪，這是什麼標準？多抽象啊。

大家不知道，其實紅精靈有一個祕密武器。晚宴過後，紅精靈就小心翼翼的拿出了一面圓鏡，開始仔細對著每一個小精靈照。

從表面上看來，每一個小精靈的模樣都差不多，經過小圓鏡一照，所呈現出來的畫面也差異不大；有的是雜草叢生，有的是一片灰霧，幾乎都給人一種死氣沉沉的感覺，更多的是甚至還都呈現出一潭死水的樣子。

紅精靈的表情愈來愈凝重，忍不住輕聲自言自語道：「難道都沒有嗎？」

因為弄不懂紅精靈究竟在幹什麼，所以也沒人敢接腔。

終於，紅精靈在一個小精靈的面前停了下來。

小圓鏡裡的景象是一片綠油油的青草地。

「找到了！」紅精靈高興的說：「就是你！你就是我要找的接班人！」

紅精靈隨即告訴大家，對生活滿懷熱情的人，就好像是擁有一塊欣欣向榮的心田，永遠充滿了活力和生氣。

聽了紅精靈的解釋，許多小精靈們都面面相覷，很不好意思的默默低下了頭。

【漢字的聯想】

「情」這個字，是一個「心」加上一個「青」。如果我們每一個人都有一塊「心田」，要是能夠讓這塊心田看起來一片生機，呈現出令人舒心的青色，才可能多情善感吧？一個對生活失去了熱情，對什麼都很麻木的人，心田的樣子恐怕都是早就已經相當荒蕪的了。

貧 ㄆㄧㄣˊ

當韓大爺還在世的時候，韓家在當地小鎮上可是人人稱羨的一個大戶人家。

韓大爺經營一家中藥材的店鋪，已經很多很多年了，早年全靠著他一個人整天忙裡忙外，把店鋪的生意做得非常興旺，後來兒子們都漸漸大了，韓大爺就輕鬆多了。韓大爺有五個兒子，五個兒子的年紀都差不多，個個都很能幹，個個都是韓大爺的好幫手。

在那個時候，鎮上誰不羨慕韓大爺，人人都說韓大爺實在是好福氣，不僅兒子多，難得的是每一個都還是不折不扣的人才，在韓大爺的帶領之下，全家人齊心協力，難怪韓家會成為小鎮家底最殷實的一戶人家，光是韓家那棟氣派非凡的七層樓建築就羨煞人，更不要說韓氏家族二十幾口人長久以來統統都住在這一棟大樓裡，白天大家一起在位於一樓的「韓氏藥材鋪」工作，晚上等藥鋪打烊以後就各自上樓回到自己的小家，可以說韓家人不管是工作或是生活都天天在一起，真是其樂融融。

沒想到，這番榮景竟然在韓大爺突然病故以後不久就全部走樣。原因很簡單，還不就是由於韓大爺是得了急症，走得突然，什麼交代都沒留下，結果五個兒子為了爭奪韓大爺所留下來的遺產，產生很大的衝突，很快的便鬧到親兄弟大打出手、反目成仇的地步！

韓家五兄弟爭執的重點，第一個當然就是關於一樓「韓氏藥材鋪」的經營權之爭，五兄弟每一個人都自認當初自己對父親的幫助最大，出力最多，現在理當繼承最大的股份；其次，就是從二樓至七樓的樓層分配問題，以前的樓層是韓大爺分配的，大家沒有異議，或者說是不敢有異議，現在韓大爺不在了，韓大媽又罩不住五個兒子，五兄弟就愈鬧愈凶，幾乎每個人都認為自己早就很吃虧，並且都一致認為早就應該有所調整。

就這樣，五兄弟成天吵個沒完，到後來甚至發展到一棟好好的大樓外牆竟然憑空冒出好多樓梯，分別從一樓直通三樓，以及四樓、五樓、六樓和七樓，因為在交惡之後，大家都不願意再從其他兄弟家的門前經過了。以往氣派的大樓，頓時就好像突然多出了好多「手腳」，成了一個可笑的怪物。

以前大家齊心協力共同為了家族企業而奮鬥的情景再也不復存在，現在五兄弟幾乎一見面就是大聲爭吵，甚至還多次當著顧客和鄰里的面前公然扭打。漸漸的，不僅五兄弟自己無心工作，就連上門的客人也不知不覺的少了。

這樣過了一段日子以後，韓大爺當年辛辛苦苦好不容易才建立起來的一番事業，就這麼迅速的敗落了。而五兄弟呢？卻還是沒有停止爭吵，相反的還吵得更凶，因為現在他們爭吵的緣由又增加了一項，那就是每個人都認為自己很無辜，都堅決認為是其他手足應該要負起家道中落的責任……

【漢字的聯想】

「貝」向來有「錢財」的意思，在古代「貝」就曾經被當成貨幣來使用，那麼，為什麼在「貝」的上面加上一個「分」就會是貧窮的貧呢？會不會是因為「家和萬事興」，如果家不和、家人不齊心，那整個家族自然也就不會好了？

一
口
田

富
ㄈㄨˋ

一個遊子，回到了思念的家鄉。離開家鄉多年，昔日的小村莊已經變成一個相當熱鬧的小鎮，家鄉的變化簡直是超出了他的想像。

唯獨自己的老家，仍然像記憶中一樣的破舊——不，應該說是更破舊了，不僅泥土砌的牆壁和屋瓦有好多破洞，整個小屋看起來也是搖搖欲墜，彷彿隨時都會坍蹋。

當年，他就是因為家裡太窮，整個村子也很窮，所以才不惜離鄉背井隻身一個人跑到外地去求發展。這麼多年以來，其實他也曾經做出過一番成績，只是很可惜，因為接連兩次投資失誤，好不容易才累積出來的家產竟然就以一種不可思議的速度瞬間又化為烏有。他又變得像當年離家時那麼窮了。

不過，儘管現在他已經不是年輕人，幸好他還保留了年輕人慣有的朝氣，並沒有被接二連三的打擊給擊垮。

此刻，站在殘破不堪的小屋前，他輕輕的嘆了一口氣，自言自語的跟自己打氣道：「不錯了，好歹總是一個家。」

不久，當他發現老家後面那塊小菜地還在的時候，他好高興，由衷的慶幸道：「啊，太好了，居然還有一口田，那就真的什麼都不怕了！」

有了一塊屬於自己的田地，再向好心的鄰居要來一些菜籽，他就可以種一些蔬菜，至少第一步保障了基本生活，餓不死了。

儘管現在以前的老鄰居們已經早就都不種菜了，頂多是一些老人家種著玩玩，不像他可是要靠種些菜來解決吃飯問題，不過，他沒有怨言，他感覺老天爺待他已經不薄，至少沒有讓他真正的走投無路。

這樣過了一段時間，他所種的蔬菜自己一個人吃不完，就拿到市集上去賣，得來的銀子就用來慢慢開始修繕破舊的老屋。

又過了一段時間，他又想：「我的田雖然不大，但是如果我能夠改種一些經濟效益比較好的東西，譬如花卉或是水果，不是比較好嗎？」

按照這樣的思路，他開始了新一輪的嘗試。他選擇了種植玫瑰花。不久，計畫果然頗為成功，連帶的使他的生活又得到了一些改善。

許多關心他的老鄉都以為等他又累積了一定的資本以後，恐怕又會想要出去闖蕩了吧？想當年他的口袋裡幾乎是身無分文，他都敢單獨出去闖一闖。

然而，他笑笑道：「不，我怎麼還會想要離開這裡呢？」

他解釋道，年輕的時候一心認定唯有賺大錢才叫作成功，現在呢在經歷過錢財來了又去之後，他深深的感覺到物質的追求是永無止境的，同時也是虛幻的。

那要怎麼樣才會感到充實？

他說：「當然是要重拾我對繪畫的興趣了。」

小時候，他是很喜歡畫畫的。從此，他在那小小的一塊田裡種植玫瑰，同時也經常在玫瑰花田前面支上畫架，靜靜的描繪美麗的玫瑰。

現在，在物質上他或許不如從前，然而在精神生活上卻感受到了一種前所未有的富足。

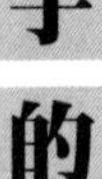

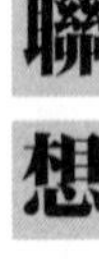

【漢字的聯想】

看看「富」這個字，實在是很有意思；怎麼樣才叫作「富」呢？首先，要有一個家（寶蓋頭），其次，要有「一口田」，用這口田來解決生活。同時，在精神層面我們也很需要擁有「一口田」，讓我們寄託熱情和希望，那就是一定要有一份正當愛好，有了這份愛好，我們的精神生活才會真正的富足。

悶 ㄇㄣˋ

經過長久以來的努力，天使中心所研發的機器天使終於誕生了，而且即將投入使用，這可是天使中心幾世紀以來的頭等大事。

至於最初為什麼會有研發機器天使的構想，說起來是由於一件麻煩事，那就是成千上萬的天使們集體倦勤，都不肯乖乖工作、不肯為人間百姓送去溫暖和驚喜，那段時期天使中心的管理人員天天忙著安慰小天使，好說歹說才勉強讓她們正常工作，在疲於奔命之下，有一天，一個工作人員突發奇想，發出了一聲感慨：「唉，要是我們能夠有一批機器天使就好了！」

此話一出，立刻引起其他許多工作人員的共鳴。

「對呀，機器嘛只要按時注意保養就好了，那多簡單！」大家紛紛說。

想像中，機器天使一定不會叫累，不會鬧情緒，更不會對於上頭交代的任務老是有那麼多的意見，這多棒啊。

於是，天使中心的工作人員立刻在天堂裡苦苦尋覓，好不容易總算找到了一個適合做這項工作的有名的科學家。

接下來，經過科學家不斷的研究，終於傳來了好消息，那就是科學家宣布第一批機器天使研發完成，即將可以投入使用啦！

科學家向天使中心的工作人員介紹說，這批機器天使不僅有著可愛的外表，華麗的衣裳，柔軟的翅膀，能夠充分與工作人員和科學家交流的語言程式，還有著一項非常精密的特殊設計。

到底是什麼特殊設計呢？

科學家說：「為了保證她們熱愛工作，我給她們特製了一顆極為耐用的機器心，並且把這顆機器心永遠設定在『快樂狀態』，這麼一來，她們自然就一直都能樂在工作啦。」

工作人員聽了，都很滿意，高興的說：「哇，聽起來真的很棒啊！」

緊接著，工作人員就迫不及待的對外宣布了這個好消息——機器天使馬上就可以開始啟用！甚至也明確公布了使用日期。

沒想到，就在機器天使應該正式啟用的前三天，這個科學家突然被抽調到別的部門去幫忙做別的事去了，幾個工作人員急得要命，為了讓機器天使如期推出，他們決定——乾脆自己來組裝吧！

他們心想，反正科學家在研製的時候，他們也經常在旁邊看著，再說機器天使最難的是研製階段，如今研製完成，只不過是組裝起來，那還有什麼難？

他們沒有考慮太多，馬上說做就做。三天過後，他們果然成功組裝出第一小隊的機器天使，並且如期讓她們投入使用。

等到科學家再匆匆趕回天使中心的時候，正是第一小隊機器天使應該返回述職的日子。大家都充滿期待的等待。

等著等著，機器天使們都紛紛回來了，她們一個個看起來都跟出發時一樣的容光煥發。工作人員忙不迭的上前打開語言交流裝置，問道：「任務完成了嗎？」

「完成了。」

「大家高興嗎？」

「高興。」

「那你們呢？你們高不高興？」

工作人員滿以為這只是一項例行性的問題，沒想到機器天使們居然一個個都回答道：「我不高興，我很悶。」

「咦，這是怎麼回事？」工作人員很納悶，隨即轉身詢問科學家：「你不是說把她們都設定在永遠的『樂在工作』了嗎？」

「是啊，沒錯啊，我是這麼設計的啊。」科學家也感到很奇怪，這可是他的精心發明，發明出來的時候，他還很遺憾沒辦法把這個設計推廣給人間廣大的上班族去使用呢。

科學家上前檢查一番，很快就找到了答案。

「你們忘記把那顆機器心給組裝進去啦。」說著，科學家就到自己的實驗室，打開一個櫥櫃的門，拿出那些珍貴的機器心。

「沒有了心，當然就感受不到快樂了。」科學家說。

科學家用不了多久的時間就把那些機器心一一替機器天使們裝上，微笑道：「現在就沒有問題了。」

不過——機器天使真的能夠取代小天使嗎？這恐怕還得再多觀察觀察吧。

【漢字的聯想】

「悶」這個字的設計實在很妙，想想看，如果把「心」關在「門」裡，那會是一種什麼樣的感覺？應該就是「悶」的感覺吧！

窖

ㄐㄧㄠˋ

一個微風徐徐的午後，一隻年輕的交喙鳥待在一棵松樹上，舒舒服服的享用著毬（ㄑㄧㄡˊ）果。他原本就是一個很懂得知足常樂的小伙子，何況現在天氣這麼好，毬果又如此美味，吃著吃著，他真是感到心情一陣舒暢。

忽然，一隻雌鳥（自然也是一隻交喙鳥）落在附近，看看他，又看看他的毬果，說了一聲：「好像好好吃喔，是不是啊？」

雌鳥的聲音真好聽，簡直就像是有某種魔力，讓他彷彿就像是被催眠了似的，一下子就脫口而出：「你喜歡的話就拿去吧。」

「真的？」雌鳥歡喜的說：「那我就不客氣了哦！」

說罷，她真的就靠了過來，開始品嚐美味的毬果。

沒一會兒，雌鳥吃完了，眼巴巴的說：「還有嗎？」

不用說，她這副饞相，在他看來真是可愛極了。

「呃，現在沒有了——」

「噢！——」

看到她那麼失望，他趕緊又說：「可是我家裡還有很多，你明天再來吧，明天我再請你吃。」

「真的？」她馬上又一臉開心的說：「一定喔！」

然後，就輕巧無比的飛走了。

他癡癡的望著姑娘遠去的身影，好半天才回過神來。

回過神來第一件要做的事自然就是要趕緊再去找毬果。第二天，姑娘真的又來了，而他也果真如約又請她吃了兩顆大大的毬果。

他發覺這個可愛的姑娘，胃口好像還不小哪。

過去，他一向都是隨遇而安，總是等到肚子餓了才會開始去找吃的，但是現在眼看她吃得那麼起勁，就從這一刻開始，他開始有了一個明確的目標——他要開始囤糧！因為，他想在往後隨時都有能力招待這位姑娘。

說做就做，他開始到處收集毬果。他做得很認真、很帶勁兒，家裡很快就都被毬果給堆滿

了。

「我需要一個放毬果的地方。」他想著。

可是，要把這些寶貝毬果放在哪裡呢？

照說放在樹洞裡是最方便的，可是他不放心，很快就否決了這個想法，因為他記得松鼠好像也很愛吃毬果啊，再加上松鼠會上樹，動作還非常敏捷，他不免擔心，要是自己四處找來的毬果不小心統統都被松鼠給吃了，那可怎麼辦？

想著想著，他決定要在樹根附近悄悄挖一個洞，專門用來囤放毬果；因為他知道松鼠喜歡待在樹上，不可能會鑽到地底下去。

於是，他啣著一把玩具小鏟子，費了好大的勁兒，花了好幾天的工夫，終於辛辛苦苦的挖好了一個洞，然後開開心心的把好幾個毬果放了進去。

他一邊挖，一邊還這麼想著：「這可是我的小祕密，一個不能告訴別人的寶貝洞，嘻嘻。」

寶貝洞挖好的第二天，一看到她，他馬上興高采烈的說：「來，我要給你一個驚喜。」

他示意要她跟著自己飛下去，想讓她看看自己的寶貝洞。他相信姑娘一定會很喜歡的。

沒想到，等他們一落在樹下，原本應該是極為祕密的寶貝洞卻被弄得亂七八糟，存放在裡頭的毬果也全部都被丟得到處都是。

「原來你根本就不想請客！不想請就不請，幹麼要這樣侮辱我？把說好要請我吃的東西到處亂扔？太過分了！」可愛的姑娘很生氣的罵完以後，就氣得立刻飛走了！

他愣在原地，不清楚到底是怎麼回事？

這時，一隻地鼠從土裡冒出來，一看到他，很不高興的說：「喂！是不是你在我的地洞旁邊亂挖，還亂塞東西進來，害得我的地洞都塌掉了！」

他這才明白，唉，原來自己只顧著要提防松鼠，卻完全沒有想到地鼠啊。

【漢字的聯想】

按字典上的解釋，「窖（ㄐㄧㄠˋ）」的意思是「儲藏東西的地洞」，而「窖」這個字是一個「穴」（就是「洞」），下面再加一個「告」，會不會不想告訴別人的洞就是「窖」呢？

翔 ㄒㄧㄤˊ

有一隻小羊，總是喜歡靜靜的仰望著藍天白雲，心裡無限嚮往。

有一天，當他又像往常一樣痴痴的望著藍天發呆的時候，忍不住輕聲說道：「啊，要是我能夠像小鳥一樣在天空中飛來飛去就好了——」

儘管他說話的聲音很低，又是自言自語，但還是被一隻正好停在枝頭的小鳥聽見了，小鳥不禁笑了出來，有些嗤之以鼻的取笑道：「唉呀，你又沒有翅膀，怎麼可能飛得起來！」

小羊抬頭看著小鳥，哀怨的問道：「唉，一定要有翅膀才能飛嗎？」

「這是當然的呀！誰都知道一定要有翅膀才能在天空中飛來飛去，你別作夢了啦。」

說完，小鳥就撲撲翅膀，飛走了。小鳥心想，這隻小羊真是神經兮兮，還是少理為妙。

望著小鳥遠去的背影，小羊真的好羨慕哦！

望著望著，小羊看到天空中緩緩飄動的白雲，突然產生了一個疑問，「奇怪，那白雲不是也沒有翅膀，為什麼也能夠在天空中飛來飛去呢？」

凡是在天空中移動，在小羊看來那都是叫作「飛」。

這天，剛巧風挺大的，白雲在天上移動的速度自然也比較快，在小羊看來，白雲「飛」得更明顯了。小羊看著看著，羨慕之餘，竟突發奇想：「對了！我雖然沒有翅膀，但也許我可以把自己變得像白雲一樣啊！」

原來啊，這是一隻小綿羊，因此，望著天上正在快速移動的白雲，小羊立刻就下了一個決心——他要馬上躲起來！躲到沒有人能夠找得到他的地方，讓身上的毛瘋長。在小羊的想像中，只要身上的毛能夠一直長一直長，都不要剪，有一天自己的造型看起來一定就會跟一朵白雲差不多，那樣不是就有機會飄起來了嗎？如果再碰到一陣風，也許就可以體會到「飛」的感覺了。

「只要能夠體會一下，我就心滿意足了。」主意打定，小羊真的馬上就悄悄脫離了羊群，跑到樹林深處，找了一個洞躲了起來。

接下來的日子，為了不被人發現，小綿羊在白天的時候都不敢出來，直到夜晚才輕手輕腳的從洞裡溜出來吃吃草，再跑到附近的小河去喝一點水。

一個人的日子雖然有些孤單，有些寂寞，但他還是堅持著。

他的毛愈長愈長，整個人看起來愈來愈圓，乍看之下還真像一朵小白雲。可惜，他還是飄

不起來，更別說還要「飛」了。

當然，小羊並不死心。隨著身上的毛愈來愈多、愈來愈長，小羊開始在白天的時候會從山洞裡偷溜出來，跑到草地上，一方面是想念藍天白雲，另一方面也是痴心等待能不能有一陣風及時吹來，讓自己飄一下、「飛」一下。

在一個怡人的午後，小羊在草地上看著天空，看著看著不知不覺打起了瞌睡。不知道過了多久，當他猛然醒來的時候，驚訝的發現——自己的四隻腳居然離開了地面！

「啊！飄起來了！『飛』起來了！好棒好棒！」小羊興奮無比的咩咩亂叫，可是，僅僅過了幾秒鐘，他就發覺不大對勁，因為此刻他分明感覺到自己的身體被一雙強有力的大手緊緊的夾住，不能動彈！

「還叫，真是的，這麼會亂跑。」一個男人的聲音數落著。

小羊聽出來了，這是主人啊。

原來，是主人發現了他，抱起他就走，所以，一心想要飛的小羊還以為是自己「飛」起來了。

【漢字的聯想】

如果一隻小羊有了羽毛（「羊」加上「羽」），是不是就能夠有類似飛的感覺了？我們總說「飛翔」，「翔」是不是就是一種類似飛的感覺呢？

禁 ㄐㄧㄣˋ

大熊警長擔任森林裡的巡邏隊長已經有好長一段時間了，做事向來非常認真。

這天，大熊警長接到來自上級的一個指令，要他把一張告示盡快公告出來。指令還特別說，一定要把這張告示放在非常醒目的地方，讓所有來到森林遊樂區的人都能在第一時間一眼就看得到。

「要張貼在非常醒目的地方，要讓所有來到森林遊樂區的人都能在第一時間一眼就看得到……」大熊警長認真的琢磨著。

指令還說，過幾天就會有檢查人員專程過來檢查。

大熊警長下定決心一定要把這個事執行得非常完美，到時候使上級檢查人員感到十二萬分的滿意。

想了又想，首先，大熊警長覺得應該把告示安排在森林遊樂區的入口處，這樣每一個來到森林遊樂區的遊客就可以很快看到。但是，他接著又想了一會兒之後，覺得光是做到「安放告示的位置選得好」這一點還不夠。

「這張告示還應該要做得大一點。」大熊警長想著，愈想就愈覺得「大」確實很必要，如

果不夠大，就算安放在最好的位置，恐怕也不容易達到醒目的效果。特別是對那些明明是近視眼可是又不喜歡戴眼鏡的遊客來說，如果只是一般標準大小的告示，除非是把告示湊到他們的眼前，否則一定還是看不到。

那麼，到底要多大才夠大呢？

這天，大熊警長在森林遊樂區入口處來來回回走來走去，無意間眼神一掃，看到入口處附近有兩棵大樹，樹幹都很粗壯，大熊警長忽然有了主意，決定要做一個超大超大的告示牌，然後把這個告示牌就直接釘在這兩棵大樹的樹幹上。

「這樣就夠醒目了吧！」大熊警長心想，等到上級來檢查的時候一定會很滿意的。

然而，大熊警長沒有想到，上級檢查人員灰熊先生一看到這個超大、位置又超醒目的告示牌，竟然勃然大怒，還把他臭罵了一頓！

這是為什麼呢？大熊警長又困惑又委屈，他自認把這項指示執行得很完美呀！

「還不明白？」灰熊先生問道：「難道你在做告示牌之前，都不看看內容的嗎？」

內容？大熊警長仔細一看，這才意識到問題所在；原來，上級叫他掛的告示是——「請愛護森林」！

灰熊先生說：「我們希望大家愛護森林，可是自己卻在樹幹上釘上好幾個大鋼釘，來掛一個『請愛護森林』的告示牌，你不覺得這實在是很諷刺嗎？」

說得是啊。大熊警長這才尷尬萬分的抓抓頭，覺得難怪灰熊先生要不高興，自己確實是太欠考慮了。

【漢字的聯想】

「禁」這個字，是上面一個「林」，下面再加一個「示」，字典上說，「示」的意思是「告訴，使知道」，如果是一件不可以做的事情，既然要「使（大家）知道」，那就應該先有一個東西（譬如一個牌子），然後放在顯眼的地方。怎樣才叫作「顯眼」呢？把這個牌子做得大一點當然是一種常見的做法，至於多大才叫作「大」？如果一個牌子，大小

足夠掛在兩棵大樹上（「木」加上「木」），那應該就算是夠大了吧！

詡 ㄒㄩˇ

從前，在一個很遠很遠的地方，有一個面積不大但是感覺很可愛的王國。主持王國的就是國王和皇后。

一直以來，國王和皇后始終非常恩愛。他們膝下只有一個寶貝女兒。由於雙親感情和睦，公主從小就在一個充滿了愛的環境中成長，非常幸福。

公主漸漸長大，終於到了亭亭玉立、可以談婚論嫁的年紀。原本公主總是說：「我的日子過得好得很，幹麼要結婚？」但是，又過了幾年，當公主又大了一點以後，她的想法有些改變了，她終於也開始嚮往能夠有一個合適的伴侶，共創一個美滿的家庭。

既然貴為公主，不難想見，追求者一定很多。事實上，當公主有意出嫁的消息一經傳出，許許多多的求婚者很快便蜂擁而至，幾乎要把這個相當迷你的王國給擠得水洩不通。

可是，面對這麼多的求婚者，公主頗為苦惱；她不知道該怎麼挑選才好。

國王說：「當然是要挑選一個可靠的對象。」

「怎麼樣才是可靠呢？」

「當然是要人品端正。」

「那從什麼地方才最能看出一個人的人品是否端正呢？」

國王想了一想，「當然就是要看他說話是不是足夠誠懇。」

國王一連講了好幾個「當然」，可是，公主感覺聽起來還是很抽象，於是，立刻又轉而跑去找皇后幫忙。

「媽咪，你說要怎麼樣才能在很短的時間之內，確定一個人講話夠不夠誠懇？」

皇后聽了，拍拍寶貝女兒，一副胸有成竹的模樣道：「放心吧，這個不難，我有一個家傳的法寶，很準的。」

「真的？那太好了！那你趕快拿出來借我用一用吧！」

不一會兒，皇后果然從櫃子裡拿出一個小箱子，箱蓋上有一個大大的喇叭。

皇后愉快的說：「為了迎接這一天，為了幫得上你的忙，這麼多年以來，我一直都在細心的保養。」

公主盯著小箱子看了半天，還是看不出名堂，納悶的問道：「這個小箱子有什麼用啊？」

「它能夠很準確的測出一個人的誠懇度，」皇后說：「等明天你就知道了。」

第二天，國王和皇后把所有的求婚者統統請來，請他們一個一個對著小箱子自我介紹。每一個求婚者在說完的時候，從小箱子上面那個大喇叭就會傳出各式各樣的聲音，有的像鐘聲那麼大，有的像鈴鐺的聲音，有的像鍋碗瓢盆撞擊的聲音，有的像淅瀝淅瀝的雨聲，總之，什麼聲音都有。只有一個求婚者，當他做完自我介紹以後，大喇叭居然安安靜靜，一點聲音也沒有。

在求婚者統統先退下之後，公主問皇后：「怎麼樣？我應該選哪一個？」

皇后說：「毫無疑問，你應該選那個在說完之後喇叭裡會發出銅鐘般巨響的那一個。」

「啊！」公主有點兒失望，「為什麼不選一點聲音也沒有的那一個？」

公主覺得那一個求婚者看起來比較可愛。

然而，皇后說：「孩子啊，在他說完以後，我的小箱子之所以會那麼安靜，是因為他所說的話就像是羽毛一樣輕飄飄的，當然就發不出聲音了，這樣的人怎麼靠得住啊。」

公主啞然。這時，國王恍然大悟的對皇后說：「唉呀，怪不得！當年我還很奇怪，我說完話之後小箱子的聲音那麼吵，你怎麼還會選擇我！」

想當年國王所說的話，也是能發出陣陣巨響的。

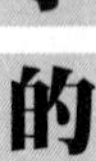

【漢字的聯想】

按字典上的解釋，「詡（ㄒㄩˇ）」這個字的意思就是「說大話」。想想看，如果一個人所說的話（「言」），就像是羽毛一樣的輕（「言」加上「羽」），那不就是「大話」了嗎？

睡
ㄕㄨㄟˋ

有一天晚上，一本漂亮的圖畫書遭遇了一場空前的危機——他們的公主不見了！

「唉呀，這可怎麼得了！沒有公主，這個故事就全毀了啊！」故事裡所有的角色，包括國王、皇后、仙女、王子、宮女、路人甲、路人乙……甚至是巫婆，一個個都急得要命，都拚命扯著嗓子大聲嚷嚷：「公主，公主！你跑到哪裡去了？快回來呀！我們需要你！」

他們的喊聲震驚了書架上所有的圖畫書，大夥兒一下子就統統都被吵醒了，而在弄清楚是怎麼回事以後，大家都很同情他們，紛紛說：「這樣吧，我們的公主先借給你們好啦。」

第一個飛過來的公主，穿著金黃色的蓬蓬裙，模樣非常可愛，一過來就問：「好啦，現在我該做什麼？」

皇后說：「很簡單，你只要趕快睡覺就好了。」

可是，公主歪著頭一臉疑惑的問道：「睡覺？什麼是睡覺？我只會騙青蛙。」

原來她是那個在小金球掉到池子裡之後，騙青蛙幫忙去撿的公主。

顯然這個公主幫不上忙，於是又來了第二個公主。

國王說：「請你趕快睡吧，你睡了我們才能跟著睡呀！」

公主說：「真抱歉，我不睡覺的，我只會打掃跟跳舞。」

原來這是灰姑娘啊。

不一會兒，又來了第三個公主。

仙女說：「拜託你趕快睡吧，你不睡，這個故事就要徹底的完蛋了！」

這個公主到是知道「睡覺」是什麼，可是她要求一定要先替她弄幾十張床墊過來，並且在最下面那張床墊之下還要放一顆小小的豌豆。

不用說，這是那個超挑剔的豌豆公主。

一連來了三個公主，但是都幫不上忙，王子首先快要崩潰了，哇哇亂叫道：「啊，沒有公主，沒有會睡覺的公主，我就不能出場、不能跟巫婆對戰了，哇！不公平哪！」

巫婆也很不高興，儘管她到最後會敗給王子，但是不管怎麼說，跟王子對戰總是整個故事的高潮大戲，在這本圖畫書裡頭會占掉兩個跨頁，這多威風呀，如果因為找不到公主而害得這場戲無法登場，那她一定會氣死！

總之，這本圖畫書裡頭的國王、皇后、仙女、王子、宮女、巫婆……都眼巴巴的希望他們

的公主能夠趕快回來！

等了好久好久，公主終於恍恍惚惚的回來了。

國王急巴巴的問道：「孩子呀，你跑到哪裡去了？」

公主呆呆的應道：「我也不知道……」

事情是這樣的，公主不小心從書裡摔了出去，直接摔在地板上，把腦袋給摔糊塗了。在這種情況之下，公主還能夠找得回來已經是非常奇蹟，因此當大家發現公主居然也忘了該怎麼睡覺的時候，都不忍心怪她。

怎麼辦呢？大家都好著急。

後來，是皇后想到了一個辦法，對公主說：「這樣吧，不急，你先躺下來，把眼睛慢慢往下看……很好，然後，閉起來……」

沒有多久，公主總算睡著了，這麼一來，這個《睡美人》的故事也就總算可以正常進行啦。

【漢字的聯想】

雖然有些人睡覺的時候眼睛是睜開的，聽說張飛睡覺的時候就是睜著眼睛，但是大多數人睡覺時當然都還是閉著眼睛，看看「睡」這個字，還真傳神；眼睛（「目」）「往下」（「垂」）看，不就是要「睡」了嗎？

誨 ㄏㄨㄟˋ

這天，小山羊走到爸爸的面前，快樂的宣布：「爸爸，我已經想好將來長大以後要做什麼了！」

老山羊停下手邊的工作，摘下老花眼鏡，饒有興致的看著小山羊問道：「是什麼呢？」

「我要當一個老師，跟你一樣！」小山羊露出一副挺自豪的神情。

「哦，跟我一樣啊，那很好啊，不過──兒子，不是我要澆你冷水，你覺得你有做老師的本事嗎？」

「我會好好學習的，要很有知識。」

「這是當然的了，還有呢？」

「嗯，我會對小朋友很有耐心，不隨便跟他們發脾氣──不，我根本不會跟他們發脾氣！」

「很棒啊，還有呢？」

「我要花時間跟他們在一起玩，他們想玩什麼我就陪他們玩什麼！」

「太好了，還有呢？」

「還有──對了，我要陪他們聊天。」

「對呀，這個也很重要。還有呢？」

「咦，怎麼會有這麼多的『還有』啊！」小山羊終於說：「我都說了這麼多了，這樣還不行嗎？還不能算是一個好老師嗎？」

老山羊說：「我覺得至少還有一件很重要的事，可是你還沒有提到。」

「真的嗎？」小山羊不大服氣，「那是什麼？」

老山羊一臉認真的說：「你還得立志做一個錄音機呀！」

「錄音機？」小山羊不懂，「這是什麼意思？」

「小孩子總是『忘性』比『記性』好，很多事情得反覆提醒，很多話甚至得天天都要很有耐性的說上好幾遍，這不是跟錄音機一樣嗎？」

小山羊心想，對呀，爸爸說得有道理，不由得低下頭，認真的思考起來：「我能做一個錄音機嗎？」

想了一會兒，小山羊突然聯想到另外一個問題，「爸爸，你每天在家都很少說話，是不是就是因為在學校裡要做錄音機，把你的電池都給耗光啦？」

老山羊苦笑道：「也許是吧。」

老山羊心想，其實不僅如此，他的耐性好像也在學校裡用得差不多啦，回到家對自己的孩子似乎就總是比較凶……唉，其實身為老師的小孩，也挺不容易的。

想到這裡，老山羊就柔聲問道：「孩子啊，你有沒有什麼想看的電影？或是想玩的遊戲？我陪你，好不好？」

「耶！太棒了！」小山羊立刻高興的蹦了起來。

【漢字的聯想】

「誨」這個字有兩個讀音，可以念「ㄏㄨㄟˋ」或是「ㄏㄨㄟˇ」，是「教導」的意思，譬如「誨人不倦」、「諄諄教誨」都是常用的成語，既然是「教導」，怎麼可能只說一遍？總是要說好幾遍才夠吧！或許每天都需要不斷的重複說呢，難怪「誨」這個字，會是「每」天都在「說」啊。（「言」的意思，不就是「說的話」嗎？）

憧 ㄔㄨㄥ

傳說，在一個非常遙遠的地方，有一個人跡罕至的山谷，山谷裡有一個小村莊，還有兩處天然的泉水。這兩處泉水都非常特別，都叫作「青春之泉」，據說喝了這裡的泉水以後，都可以恢復青春。

這裡原本幾乎是與世隔絕，但是自從村子裡有人到外頭去闖蕩之後，自然而然不可避免的也就把關於青春之泉的祕密給帶了出去，結果，消息一經傳出，好奇的人便紛紛蜂擁而至。

一開始，這些遊客都以為兩處泉水雖然都號稱是青春之泉，但總有一處泉水的「療效」應該要更好些，但是過了一段時間以後，世人漸漸發現這兩處青春之泉其實只有一處泉水具有恢復青春的奇效，喝下去以後，用不了多久容貌就會有很大的變化，皺紋不見了，雙下巴沒有了，眼袋消失了，雙眸又清澈了，頭髮又變得烏黑亮麗甚至又長出來了，身上的肥肉、贅肉更是奇蹟般消失得無影無蹤，然而另外一處泉水喝下去以後，外貌卻絲毫沒有變化，皺紋還是那麼多，雙下巴還是那麼厚，眼袋還是那麼深，兩眼看起來還是那麼的黯淡，頭髮還是那麼灰白，禿頂的更別指望還能夠再重新見到頭髮，而那些討厭的啤酒肚、以及腰上討厭的「救生圈」，更完全是老樣子，甩都甩不掉。

不用說，這兩處泉水自然是只有前一處是大受歡迎，另一處則門可羅雀，大家根本避之唯恐不及。

然而，又過了一段時日，許多經常在這裡流連忘返的遊客開始注意到一件非常奇怪的事，簡直是怪到不可理解。那就是，有人注意到小村莊裡的村民們雖然偶爾也會飲用青春之泉，但是，村民們的選擇卻與他們截然不同；村民們所飲用的竟然無一例外都是那個根本沒有恢復青春療效的泉水。

就像旅行的時候，如果你想吃到地道的食物，一定要追隨當地人的腳步，看看他們是上哪些餐廳一樣，當地人的意見總是最可靠的，可如今在這些外來者的想像中，明明只有一處泉水有效，照說村民們應該都搶著喝這個泉水才對呀！為什麼他們反而要去喝那個沒效的青春之泉呢？

有人說：「會不會是這些村民實在是笨得離譜，到現在都還沒發現他們弄錯了？」

「不會吧！」大家都覺得不大可能。

有人又說：「那就是他們太過好心，想把有用的泉水留給我們喝？」

大家左想右想都覺得這好像也不大可能，因為村民們根本都不大搭理他們，似乎完全拿他們當空氣，幹麼要對他們那麼好啊？

後來，一個遊客決心要把這個事情弄個明白，就乾脆跑到小村莊，以非常誠懇的態度向村子裡的一位長老請教道：「請問一下，為什麼你們都那麼偏愛喝那個沒有恢復青春療效的泉水呢？」

不料，長老一聽，竟微笑道：「誰說沒效？我們喝的泉水才有效呢！」

「怎麼可能？你是在跟我開玩笑吧！」遊客睜大了眼睛。

他實在很想說，拜託，老兄，難道你不知道自己已經老成什麼樣子了嗎？如果那個泉水有效，你看起來怎麼會這麼老！

對於遊客的疑問，長老心領神會，慢慢解釋道：「你們看到的效果是表面上的，我們喝的泉水，療效卻是針對看不到的內心；在我們看來，唯有在心態上永保赤子之心，才能夠對一切美好的事物保持著一份單純的嚮往，這才是永遠的青春永駐啊。」

遊客聽了，不禁愣了半晌，好半天都說不出話來。

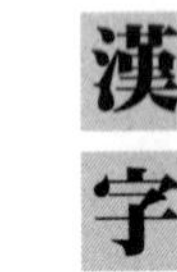
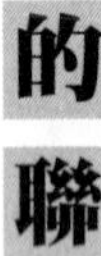

【漢字的聯想】

「憧（ㄔㄨㄥ）」這個字，常常跟「憬」這個字連在一起，「憧憬」，是嚮往豔羨的意思，這是一個很能引發美好感覺的詞語。再看看「憧」這個字的組合，是一個「心」再加上一個「童」，想想看，一個永保童心的人不是經常就會給人一種很年輕的感覺嗎？

窮 ㄑㄩㄥˊ

松鼠先生聽好幾個朋友都說過彩虹森林很美，為了親眼驗證一下，便專程興匆匆的跑到彩虹森林來。這天，他在森林裡東逛逛、西逛逛，感覺確實很好。

「嗯，這裡真的很不錯，樹很多，草很綠，花很美……」

松鼠先生心想，對一個小松鼠來說，這樣的環境實在算是夠好夠美的啦，還能要求什麼呢？當下就決定要馬上搬過來。

既然要搬過來，當然就一定要先找到住的地方。於是，松鼠先生在經過一番打聽之後，找到了一位松鼠阿姨，客客氣氣的說：「聽說有好幾個大樹公寓都歸您管理？我想租一個樹洞，您可以幫幫我嗎？」

松鼠阿姨本來就是一個熱心腸，何況松鼠先生還這麼有禮貌，立刻就說：「沒問題！小伙子，你是從外地來的吧？初來乍到，如果還要自己到處去找樹洞，那就太麻煩啦，放心吧，包在我身上好了！不過我得先問一下，你有什麼要求嗎？你想住什麼樣的樹洞？」

「呃，我沒有什麼要求，只要是能住的就行。」

松鼠阿姨聽了，很高興，「既然沒有什麼特殊要求，事情就更好辦了，我們現在就去看吧！」

松鼠阿姨帶著松鼠先生來到一棵大樹上，進入一個寬敞舒適的樹洞，熱情的說：「怎麼樣？這裡很棒吧！不但住起來很舒服，看出去的風景也很漂亮。」

松鼠先生只大概看了幾眼，就說：「這裡確實很好，只是坦白說，對我來說太大了。」

「喔，太大了啊，沒關係，那我們去看下一個！」

一會兒，他們又來到另外一棵大樹上的樹洞。

「怎麼樣？這裡的景觀依然是數一數二的，只不過空間小了一點，但應該更符合你的要求吧！」

沒想到，松鼠先生還是說：「真是不好意思，我還是覺得太大了，有沒有再小一點的？」

「還要再小一點的啊？」松鼠阿姨的心裡開始有一點犯嘀咕了，心想，原來你是要「小而精緻」的，那你應該一開始就說嘛，問你的時候幹麼還要說「沒有什麼要求」！

不過，本著客戶至上的服務理念，松鼠阿姨還是耐著性子認認真真的又帶松鼠先生去看了好幾個樹洞，然而，松鼠先生竟然還是千篇一律的統統都說太大，折騰了好久，松鼠阿姨終於不耐煩了，「唉，小伙子，你到底要多大的樹洞，請你具體一點給我說說吧，要不然我實在是搞不懂啊！」

松鼠先生紅著臉說：「我一開始就說了嘛，只要是能住的就行。」

「問題是多大叫作『能住』？」

「嗯，就是就是——只要能塞得下我就行，哪怕是我在裡頭還必須弓著身子、站不直，也行。」

松鼠阿姨瞪著松鼠先生，好一會兒才說：「明白了。」

於是，她把松鼠先生帶到樹根附近，指著一個洞說：「哪，我看這個洞挺適合你，就只是一個洞，而且你在裡頭連坐都坐不直，只能弓著身子，怎麼樣?完全符合你的要求吧！」

松鼠先生看了一下，居然相當滿意，「好，我租了。」

令他意外的是，此時松鼠阿姨卻說：「可惜這個洞不歸我管，你得找地鼠大嬸去租哪！」

【漢字的聯想】

就物質層面來說，怎麼樣叫作「窮」？家徒四壁嗎？有沒有比「家徒四壁」還要更糟糕的呢？如果這個「家」只不過是一個洞（「穴」），而且是一個很小的洞，小到如果待在裡頭都必須「弓」著「身」子，這應該就算是很「窮」了吧？

憨 ㄏㄢ

「請問，您成功的祕訣到底是什麼呢？」

坐在一個大人物的客廳裡，年輕的記者問了這樣的問題；所有對於成功人士的採訪，這個問題可以說是一定要問的。

對於這樣的問題，大人物當然也已經在不同場合、面對不同的發問者，回答過無數次啦，每一次的答案不一定完全一模一樣，要看他當時的心情如何而定。譬如今天，他就想說：「我覺得在我的性格中，有一項比較難得的特質，就是勇敢。」

記者等了一會兒，見人家好像無意再往下說，只好繼續問道：「勇敢？嗯，勇敢的確是好的，您能不能再多說兩句？」

意思就是說，「簡答題」回頭我很難寫稿，您能不能用「申論題」來回答我呀？

大人物今天的心情不錯，也很體諒記者的不易，更何況，如果不多說幾句，只說一個「標題」，而讓記者回去自由發揮，那當然更不好，所以也就很配合的開始申論起來：「勇敢可以表現在很多方面，比方說，想開創新局一定要勇敢，還有，隨時都要保持冷靜的頭腦，面對現實，特別是在當事情進行得不是那麼順利的時候，這也很需要勇敢，否則就很難果斷的掌握時

機，做出明智的判斷……」

大人物接受採訪的經驗很豐富，說得不疾不徐，讓記者能夠聽得很清楚，同時也能夠聽得很明白。聊著聊著，大人物的老母親從後面廚房走了出來，親切的問道：「ㄏㄢ ㄗㄞˇ，要不要留你的朋友跟我們一起吃飯？」

記者一聽，頓時兩眼一亮，啊，太好了，老太太剛才顯然是叫了大人物的乳名，如果能夠把這個乳名寫進報導裡，一定可以為報導增添幾許人情味。問題是，老太太剛才叫什麼來著？記者一時沒有聽清，好像是「ㄏㄢ ㄗㄞˇ」——記者的腦袋裡馬上搜索所有符合這兩個音的詞語，想了兩秒鐘，不是很確定的想，難道是「憨仔」嗎？很憨的憨？

一問之下，果然是的！

這麼一來，記者頗為好奇，馬上請問老太太，「請問您是怎麼想到要取這麼一個乳名的呢？」

老太太說：「因為這孩子從小就是傻傻的啊！」

「會嗎？」記者覺得很意外。

他看看眼前這位大人物，心想，沒人會覺得他傻呀！應該說，恐怕沒有人會覺得他竟然會跟「傻」這個字沾上邊吧！

老太太說：「傻沒有什麼不好啊，傻傻的人才比較單純啊。」

「而且——」大人物在旁補充道：「大家不是都說想要做一番事業，一定要有一番傻勁嗎？」

「說得是啊。」記者應道。

現在，記者決定，這篇報導要從大人物的乳名作為切入點，這可是一個比較新穎的角度；至少在他看過所有關於這個大人物的報導中，還沒有別人用這個角度寫過。

他感激的望著老太太，覺得老太太出現得正是時候！

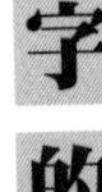

【漢字的聯想】

為什麼一顆「勇敢的心」（「敢」加上「心」）就變成了「憨」呢？這實在是很妙。看看字典上的解釋，「憨」這個字除了「癡傻」的意思，還有「天真純潔」的意思，這就更值得我們細細的來加以咀嚼了。「天真純潔」是多麼難能可貴的一種特質，所以，為人憨一點實在沒什麼不好，這樣的人通常都比較忠厚老實，要不然為什麼會有「憨厚」這個說法呢？

蹤

ㄗㄨㄥ

隆冬季節，在「好寶寶冬眠中心」裡，當老師們好不容易把一大堆熊寶寶統統都哄睡了以後，大家都伸伸懶腰，打了一個大大的呵欠，都想趕快鑽進被窩冬眠去也，不料，中心老闆灰熊先生迅速發給每一個老師一張卡片，卡片上寫著四個大字：「現在開會！」

把通知寫在卡片上，而不是用說的或是吼的，這當然是因為生怕一不小心就會把熊寶寶們給吵醒，那可就糟糕了。

老師們接過卡片，紛紛交換了一個無奈的眼神，然後不約而同馬上重重的捏了自己一把，以此來振作精神。

很快的，老師們都魚貫進入會議室，灰熊老師等大家都到齊以後，便小心翼翼的把會議室的門給關上。會議室不大，只有幾把椅子，幾個在冬天來臨的時候才臨時請來的年輕老師只好站著。

灰熊先生輕聲說道：「真抱歉啊，耽誤大家幾分鐘，可是因為今年來我們中心冬眠的熊寶寶特別多，這個會不得不開……」

今年冬天，熊爸爸和熊媽媽似乎集體倦勤，要不就是他們自己辛苦了大半年，實在是太累了，都急著想要趕快去睡大覺，實在沒那個精神和耐心來哄精力旺盛的熊寶寶們乖乖冬眠，於是就把寶寶送到這裡來，請這裡的老師代勞，負責哄寶寶們睡覺。由於報名人數大大超過了以往，遠遠超乎灰熊先生的預期，為了因應，灰熊先生只好緊急招聘好幾個臨時老師，但是他又擔心臨時老師的經驗不足，萬一碰到什麼特殊的情況不能處理，因此才特別召開這個會議，一方面想把一些規定說得更清楚一點，另一方面也希望資深老師能夠把寶貴的經驗跟年輕的老師交流一番。

灰熊先生輕輕的發下一些書面資料，輕聲說：「我把各種可能的情況都條列出來，再把標準處理步驟一一寫在下面，請大家仔細的看一下。只要把這些資料讀熟，不管出現什麼樣的情況，我相信各位都能夠非常從容的去應對。」

「各種情況嗎？」一位老師輕輕的問。

「沒錯，各種情況，」灰熊先生輕輕的說：「比方說，熊寶寶『睡不沉怎麼辦』，『突然說肚子餓怎麼辦』，『一直踢小被被怎麼辦』——」

這時，一個站在窗邊的臨時老師舉起手，輕聲說：「先生，有小寶寶跑出去了。」

灰熊先生沒聽清，誤會了老師的意思，就接口道：「你是說『如果有小寶寶突然跑出去怎麼辦』是嗎？有的，這個情況我也考慮到了，在這裡，請大家翻到第五頁，只要把這一頁讀熟，你很快就可以知道小寶寶是往哪個方向跑——」

「剛才有一個小寶寶往山下跑了。」站在窗邊的老師繼續說。

灰熊先生一聽，這才意識到不大對勁，趕緊追問道：「什麼意思？」

「我說，剛才有一個小寶寶往山下跑了。」老師又說了一遍。

現場立刻騷動起來。灰熊先生趕緊先用手勢安撫大家，「鎮定，請大家鎮定！別把所有的小寶寶都吵醒了，我們馬上分組去找，不過——」

灰熊先生看著那位老師，奇怪的問：「你怎麼這麼快就知道小寶寶是往山下跑？你都還沒有看完資料啊？」

老師把窗簾一拉，「因為下雪了啊！」

大家趕緊湊過去，灰熊先生也擠過去，朝外一看——啊，果真下雪了，而在一大片白茫茫的雪地上，真的有一串熊寶寶的腳印往山下去了！

灰熊先生很尷尬，只得把精心準備的資料擱在一邊，說了一聲「趕緊去把寶寶找回來吧」，就匆匆散會了。

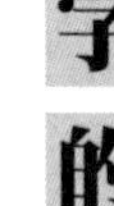

【漢字的聯想】

按字典上說，「蹤」這個字的意思就是「腳印」，同時也指「人或物的行影」。想想看「跟蹤」一詞，「跟著（從）」地上的「腳（足）印」來判斷，不就可以看出被跟蹤者移動的方向了嗎？

贏 ㄧㄥˊ

這天晚上，眼看都快十二點了，媽媽一直催促寶寶趕快去睡覺，寶寶卻還在一直拖拖拉拉的窮蘑菇。

「拜託啦，讓我再玩一下，再看一下啦！」寶寶說：「明天是禮拜六，你又不上班。」

平常媽媽總說因為第二天一早要上班，還要送寶寶去幼稚園，一定要早一點睡，所以在寶寶的概念裡，總覺得只要媽媽隔天不用上班，應該就沒關係啦，應該就可以讓他愛玩到多晚就玩到多晚才對呀。

可是，媽媽說：「明天雖然不上班，我還是會一樣的累呀！有那麼多的家事要做！再說現在都這麼晚了，已經讓你多玩很久了，趕快去睡了啦，帶著你的新玩具去睡吧！」

這個新玩具是前兩天媽媽剛剛才買給寶寶的，是一個機甲武士，寶寶喜歡得不得了，不管是吃飯、看電視、睡覺都一定要帶著他。

這會兒，機甲武士聽到媽媽一直催寶寶回房間去睡覺，心裡還挺緊張的；因為這天晚上，在稍早以前，差不多就是在晚飯過後，他跟寶寶房內好幾個玩具吵了一架。

那幾個玩具，也都是戰士和武士，只是個頭都沒自己大，所配備的武器也沒自己這麼多，

當然造型也沒自己這麼酷，其中一個西洋中古世紀的武士對自己說：「你別老以為比我們高大就了不起，如果要論高大，我知道有一個超級戰士比你還要高大得多！」

「哼，吹牛！」機甲武士當然不信。

中古武士說：「你不信？那我們來打賭吧，我說這位了不起的超級戰士今天晚上十二點的時候就會來拜訪你！」

「好，賭就賭，我才不怕呢！儘管叫他來好啦！」機甲武士一口就接下了這樣的挑戰。

中古武士說：「那你等著瞧吧，這個打賭我們是贏定了！」

其他眾多武士和戰士也都說：「對！我們贏定了！」

現在，眼看就快十二點了，機甲武士不免開始有些不安。其實，剛才雖然一直陪著小主人看電視，但是他都心不在焉，老是在想著，自己好像有一點犯了眾怒啊，難道是因為自己這兩天真的太過囂張了嗎？……

他猛然想起曾經聽一位前輩說過，每個夥伴都有身為「新玩具」的風光歲月，但轉眼也都會無一例外的變成「舊玩具」，所以當自己還是新玩具的時候，一定要謙虛一點，才不會惹人

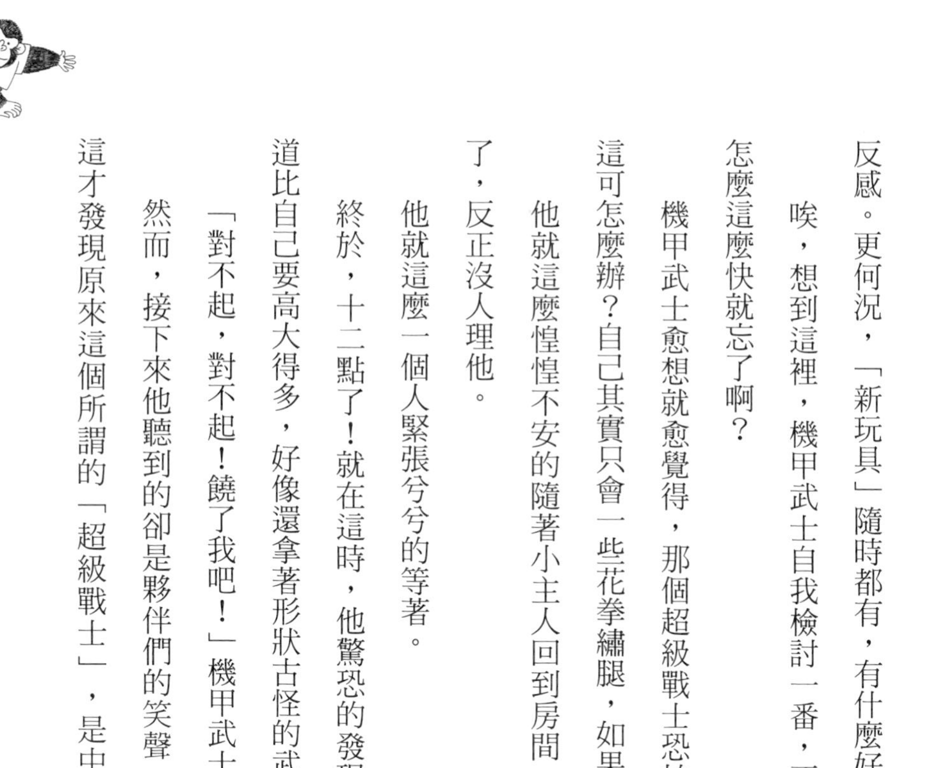

反感。更何況，「新玩具」隨時都有，有什麼好驕傲的呢……

唉，想到這裡，機甲武士自我檢討一番，不禁有些慚愧；前輩的教誨言猶在耳，可是自己怎麼這麼快就忘了啊？

機甲武士愈想就愈覺得，那個超級戰士恐怕真的存在，而且今天晚上就要來教訓自己了！這可怎麼辦？自己其實只會一些花拳繡腿，如果真要對戰，怎麼打得過啊。

他就這麼惶惶不安的隨著小主人回到房間。房間裡非常安靜，一切如常，夥伴們似乎都睡了，反正沒人理他。

他就這麼一個人緊張兮兮的等著。

終於，十二點了！就在這時，他驚恐的發現，窗邊真的出現了一個巨大的身影，一看就知道比自己要高大得多，好像還拿著形狀古怪的武器——

「對不起，對不起！饒了我吧！」機甲武士發著抖，真的是嚇壞了。

然而，接下來他聽到的卻是夥伴們的笑聲。等到「巨人」從陰影裡走出來以後，機甲武士這才發現原來這個所謂的「超級戰士」，是中古武士那幾個夥伴用疊羅漢的方式所組合起來的！

真相大白以後，機甲武士真是覺得尷尬透了哪。

【漢字的聯想】

有些很難寫的字，分析一下，真的像是好幾個小字或是偏旁組合而成，譬如「贏」這個字，不就是由「亡」、「口」、「月」、「貝」、「凡」，或是「亡」、「口」、「月」、「女」、「凡」組合的嗎？還有「壽」，也可以拆解成「士」、「勾」、「工」、「一」、「口」、「寸」，大概很多小朋友都背過這樣的口訣吧。

國家圖書館出版品預行編目資料

管家琪說漢字故事Ⅱ／管家琪文；陳維霖圖．
-- 初版．--台北市：幼獅，2013.12
冊；　公分．--（故事館；014）

ISBN 978-957-574-934-7（第2冊：平裝）

1.漢字 2.通俗作品

802.2　　102021135

・故事館014・

管家琪說漢字故事Ⅱ

作　　者＝管家琪
繪　　者＝陳維霖
出 版 者＝幼獅文化事業股份有限公司
發 行 人＝李鍾桂
總 經 理＝王華金
總 編 輯＝劉淑華
主　　編＝林泊瑜
編　　輯＝周雅娣
美術編輯＝李祥銘
總 公 司＝(10045)台北市重慶南路1段66-1號3樓
電　　話＝(02)2311-2832
傳　　真＝(02)2311-5368
郵政劃撥＝00033368

門市
・松江展示中心：(10422)台北市松江路219號
電話：(02)2502-5858轉734　傳真：(02)2503-6601
・苗栗育達店：36143苗栗縣造橋鄉談文村學府路168號（育達商業科技大學內）
電話：(037)652-191　傳真：(037)652-251

印　刷＝崇寶彩藝印刷股份有限公司
定　價＝250元
港　幣＝83元
初　版＝2013.12
書　號＝984172

幼獅樂讀網
http://www.youth.com.tw
e-mail:customer@youth.com.tw

行政院新聞局核准登記證局版台業字第0143號

幼獅文化公司／讀者服務卡／

感謝您購買幼獅公司出版的好書！

為提升服務品質與出版更優質的圖書，敬請撥冗填寫後（免貼郵票）擲寄本公司，或傳真（傳真電話02-23115368），我們將參考您的意見、分享您的觀點，出版更多的好書。並不定期提供您相關書訊、活動、特惠專案等。謝謝！

基本資料

姓名：________先生／小姐

婚姻狀況：□已婚 □未婚　職業：□學生 □公教 □上班族 □家管 □其他

出生：民國________年________月________日

電話：（公）________（宅）________（手機）________

e-mail：________

聯絡地址：________

1.您所購買的書名：**管家琪說漢字故事II**

2.您通常以何種方式購書?：□1.書店買書 □2.網路購書 □3.傳真訂購 □4.郵局劃撥 □5.幼獅門市 □6.團體訂購 □7.其他
（可複選）

3.您是否曾買過幼獅其他出版品：□是，□1.圖書 □2.幼獅文藝 □3.幼獅少年
□否

4.您從何處得知本書訊息：□1.師長介紹 □2.朋友介紹 □3.幼獅少年雜誌 □4.幼獅文藝雜誌 □5.報章雜誌書評介紹________報 □6.DM傳單、海報 □7.書店 □8.廣播(　　) □9.電子報、edm □10.其他________
（可複選）

5.您喜歡本書的原因：□1.作者 □2.書名 □3.內容 □4.封面設計 □5.其他

6.您不喜歡本書的原因：□1.作者 □2.書名 □3.內容 □4.封面設計 □5.其他

7.您希望得知的出版訊息：□1.青少年讀物 □2.兒童讀物 □3.親子叢書 □4.教師充電系列 □5.其他

8.您覺得本書的價格：□1.偏高 □2.合理 □3.偏低

9.讀完本書後您覺得：□1.很有收穫 □2.有收穫 □3.收穫不多 □4.沒收穫

10.敬請推薦親友，共同加入我們的閱讀計畫，我們將適時寄送相關書訊，以豐富書香與心靈的空間：

(1)姓名________e-mail________電話________

(2)姓名________e-mail________電話________

(3)姓名________e-mail________電話________

11.您對本書或本公司的建議：

廣　告　回　信
台北郵局登記證
台北廣字第942號

請直接投郵　免貼郵票

10045 台北市重慶南路一段66-1號3樓

幼獅文化事業股份有限公司

請沿虛線對折寄回

客服專線：02-23112832分機208　傳真：02-23115368

e-mail：customer@youth.com.tw

幼獅樂讀網http：//www.youth.com.tw

世 悔 捉 窮
仙 恰 怖 馨 傳
富 羸 謊 努
加 憨 活
娃 忌 憧
名 土
拙 不 出 孝
從 藥 禁 悟
剩 奴
翔 情 空 怨
問 誨

悔 捉 窮 悶

仙 怖 馨 停

恰 努

贏 謊 加

娃 己 憧 憨 活

忌 多 土 孝

從 出 不 空

藥 禁 悟

書 利

恩 娘

翔 情 空 間 忍

誨 諒